アニスフィア・ウィン・パレッティア
パレッティア王国第一王女。
ユフィリアと共にハネムーン(視察旅行)中。
ユフィリア・フェズ・パレッティア
マゼンダ公爵家の令嬢。
女王になり、国の発展のため精霊石が必要に。
視察に行くことを決断する。
5
転生王女と天才令嬢の魔法革命
The Magical Revolution of Reincarnation Princess and Genius Young Lady....

「これがアニスから見た私の瞳の色ですか」

「可愛いですか？」
「ユ、ユフィ、も、もう、なに!?」

「――俺は、貴方の力になることが
出来る王になりたかった」
アルガルド・ボナ・パレッティア
アニスフィアの弟だが、クーデターのため
東部辺境にて謹慎中。
民を助けながら、静かに暮らしていた。

「――助けるよ！
求められたら、助けに行ってたよ！」

「君は、誇り高いんだね」

「リカントは受けた恩は忘れない。だから私はアルを守りたい」
アクリル
リカントという種族。
吸血鬼を嗅ぎ分けられる嗅覚の持ち主。
空腹の危機だったところ、
アルガルドの領地に迷い込む。

CONTENTS

Author
Piero Karasu

Illustration
Yuri Kisaragi

The Magical Revolution of Reincarnation Princess and Genius Young Lady....

転生王女と天才令嬢の魔法革命5

鴉ぴえろ

ファンタジア文庫

3225

口絵・本文イラスト　きさらぎゆり

転生王女と天才令嬢の魔法革命5

The Magical Revolution of Reincarnation Princess and Genius Young Lady....

Author 鴉ぴえろ
Illustration きさらぎゆり

[これまでのあらすじ]

魔法に憧れながらも魔法を使えない王女、アニスフィア。
彼女は天才令嬢・ユフィリアを婚約破棄から救い、共同生活を始める。
ユフィリアが王になることで研究に集中できるようになったアニスは、
生誕祭で精霊の実体化に成功し、魔法省との和解を果たす。
即位したユフィリアと共に、国中から祝福を受けたのだった。

[キャラクター]

イリア・コーラル
アニスフィアの専属侍女。

レイニ・シアン
婚約破棄騒動の発端。実はヴァンパイアで、今は離宮の侍女。

ティルティ・クラーレット
呪いに関する研究をしている侯爵令嬢。

オルファンス・イル・パレッティア
パレッティア王国の先代国王。アニスの父。

シルフィーヌ・メイズ・パレッティア
先代王妃でアニスの母。

グランツ・マゼンタ
王国公爵。ユフィの父で、オルファンスの右腕。

ハルフィス・ネーブル
アニスの研究助手。子爵家の娘。

ガーク・ランプ
アニスの研究助手。近衛騎士団の見習い。

Author
Piero Karasu
Illustration
Yuri Kisaragi

The Magical Revolution of Reincarnation Princess and Genius Young Lady....

オープニング

ユフィが女王に即位して、二ヶ月の時が経過した。

女王となったユフィは父上や母上、グランツ公の協力を得て、パレッティア王国の改革を進めるために頑張っている。

その一方で、私――アニスフィア・ウィン・パレッティアの近況は落ち着いていた。

ユフィが即位する前まではグランツ公の派閥に属する貴族との顔合わせはしていたけれど、頻度は少なくなった。私が女王になる可能性がなくなったからね。

なので、私が次にしなきゃいけない仕事は魔学と魔道具をもっと普及させることだ。

けれどユフィ曰《いわ》く、まだ私が率先して動くには時期尚早というか、準備に時間が欲しいという話だった。

『今後は女王の私が先導して魔学や魔道具を普及させていく訳ですが、下準備がまだ不足していますし、いきなりアニスが動き出すと劇薬になりかねないと言いますか、もう少し貴族が受け入れるための猶予を作るべきだと思っています』

『えーと……それってつまり？』

『アニスは暫《しばら》くお休みです。準備が整うまで、ゆっくり羽を伸ばしながら英気を養ってください』

満面の笑みを浮かべながらユフィはそう言っていた。話を纏《まと》めると、魔学と魔道具の普及を行う政策の準備が整うまで私は休んでいろということだ。

ユフィは単純に私に休んで欲しいんだろうけどね。とはいえ、私は今まで動き回っていたのが当たり前だったので、休んで良いと言われても落ち着かなかった。

なので、最近は今までは手が回らなかった新しい研究に手を着けている。最初は本当に私が休みを取っているのか疑わしそうに見ていたユフィだったけれど、最後には私らしいと軽く溜息《ためいき》を吐《つ》きながら笑ってくれた。

そうして趣味に没頭しながら過ごしているのだけれど、とはいえ完全にお仕事がなくなった訳ではない。今でも私宛に夜会に参加して欲しいと招待状が届いていたりする。

そして、今日はその夜会に参加する日だった。

＊＊＊

「本日の夜会は、貴族学院で行われる生徒たちとの交流が目的で開かれたものです」

「閉鎖環境になりやすい学院の空気を一新するため、来賓を招いて外部との交流を増やして、卒業後の進路の参考に出来るようにする。……これで合ってるよね？」

「はい、その通りですよ」

夜会の会場へ入るのを待つ間、私はハルフィスと今日の夜会について確認していた。一緒に行動するのもすっかり慣れてきた感じがあるハルフィス。彼女はわかりやすく私に説明をしてくれる。

「アニスフィア王姉殿下には魔学の提唱者として参加して頂きます。学生たちの中に魔学に興味を示す者たちがいれば色々とお話をして頂ければと思います」

「今の内に若い才能に目星をつけておくってことだね」

「今日はあくまで交流が目的ですので、積極的に勧誘はしなくて良いとユフィリア女王陛下が仰《おっしゃ》っていました。今後に期待出来そうな人材がいるのかどうか、それを見極められれば良いそうです」

「うへぇ……私が苦手な分野だよ……」

「ですから私が補佐につけられたのです。アニスフィア王姉殿下は肩の力を抜いて参加して頂ければ良いのですよ。何も身構えることはありません」

私がげんなりとしていると、ハルフィスがクスクスと笑いながらそう言った。

「うーん、夜会は私の中では肩が凝るのと会話が面倒臭いっていう印象しかなくて……」

「社交が本当に苦手なんですね……」

「色々と変わってきてるし、前ほど嫌だとは思わないけど、それでも苦手だよ」

苦手だから社交が出来ないなんて言っていると、母上に鬼のようにしごかれてしまうから、ちゃんとしないといけないんだけれど。

でもハルフィスが言うように、今日は気を張る必要はない筈《はず》だ。あくまで私はゲストの一人であって、夜会のメインではない……筈。

そう言ったらハルフィスはなんだか呆《あき》れたように私を見た。

「貴族の生徒はまだ反応が分かれるとは思いますが、平民の特待生には注目されていると思いますよ？　ドラゴン討伐に空中円舞の披露、魔楽器による精霊の顕現、直近でもこれだけの偉業を成し遂げているのですから」

「うぐっ……」

「ユフィリア女王陛下が国の政策として魔学の普及を進めると公言していますし、アニスフィア王姉殿下への評価も良い方向に変わってきています。ですので、囲まれるのは覚悟しておいた方がよろしいかと」

「腹の探り合いは苦手だけど、過剰に持ち上げられるのも困っちゃうんだよ……」

「それは慣れてください」

ハルフィスが苦笑しながらそう言うのと同時に、私たちが入場する順番が回ってきた。

今日の夜会の会場は貴族学院、それもユフィが婚約破棄された時に私が魔女箒《ほうき》で突っ込んだあの会場だ。

私がぶち破ってしまった窓が修復されているのを確認しつつ、会場の様子を窺《うかが》う。

この夜会の名目が王城の各部署の代表者と学生たちとの交流だから、当たり前の話ではあるけれど全体的に参加者の年齢は私よりも年下だ。

そんな学生たちの多くが私に興味津々《きょうみしんしん》な視線を送ってきている。何となく落ち着かなくて、どんな顔をすれば良いのかわからなくなりそうだ。

私たちが最後の入場客だったので、すぐに司会が夜会の開催を宣言した。

楽団による演奏が始まって人々が動き出す。そして我先にと生徒たちが私の下へ押しかけてきた。

「アニスフィア王姉殿下！　ドラゴン討伐の武勇伝をお聞かせください！」

「飛行用魔道具を幾つか世に発表されていますが、その辺りについて詳しいお話を！」

「魔楽器による精霊の顕現、私たちも会場にいたんです！　大変素敵でした！」

「う、うん。どうもありがとう」

餌に群がる小魚のように迫ってくる学生たちの圧に押されながらも、私はなんとか学生たちの質問に答えていく。

私だけではなく隣にいるハルフィスにも質問が飛んだり、顔見知りである後輩が挨拶しに来たりと忙しくしている。

(これはこれで困るんだってば……)

引き攣《つ》りそうな笑顔で私は質問に答えていたけれど、途切れない人の波に表情筋の限界を悟る。無言でハルフィスに合図を送ると、小さく頷《うなず》かれた。

「申し訳ありません、少々喉が渇きましたので一度こちらを失礼させて頂きますね」

ハルフィスがそう言うと、群がっていた学生たちも一礼をしてから去っていった。そのまま飲み物を確保するために私たちは移動する。

「や、やりづらかった……!」

「お疲れ様です、アニスフィア王姉殿下」

「好意的なのは助かるけれど、あんなに迫られるとちょっと引いちゃうね……」

溜息を吐いていると、ハルフィスが苦笑しながらドリンクを取ってきてくれた。

「どこか落ち着ける場所はないかな?」

「あちらの壁際《かべぎわ》とかどうでしょう?」

「いいね、あそこにしよう」

そう言いながら壁際へと向かうと、ほぼ同時に一人の少年が私たちと同じように壁際へと寄ってきた。

その少年はどこか既視感を覚える容姿をしていた。やけに目力のある鮮烈な赤茶の瞳。既視感を抱く一番の要因である銀髪。華奢《きゃしゃ》でありながらも頼りない印象はなく、独特な鋭さを感じる。

私に気付いたのか、少年は少しだけ驚いたように目を見開いた後、感情を覆い隠すような無表情になって一礼をした。

「これはアニスフィア王姉殿下、ご機嫌よう。ご一緒されているのはネーブルス子爵令嬢様でしょうか？」

「はい、ご挨拶させて頂くのは初めてになりますね。ハルフィス・ネーブルスと申します。カインド・マゼンタ公爵子息様」

「……あっ」

ハルフィスが名前を呼んだことで彼が誰なのか一気に理解した。

既視感があるのは当然だ。この少年はユフィの弟くん！　年齢から言えばユフィが卒業した後に学院に入学しているから、ここにいてもおかしくない。

ただ、私はカインドくんに対してどんな反応をすれば良いのかわからない。

ユフィを始めとしてマゼンタ公爵家の人たちと縁が深いけれど、その一方でカインドくんとはずっとニアミスの状態が続いていた。

それに、ユフィが大分前に弟と揉《も》めていたというような話を聞いていた覚えもあるし、結局どうなったのかも聞いていない。

色々と考えが過《よぎ》るけれど、まずは無難に挨拶をすべきかな。

「マゼンタ公爵子息、こうして挨拶するのは初めてですね。アニスフィア・ウィン・パレッティアです。お父上であるマゼンタ公には大変お世話になっております」

「はい。父からも貴方《あなた》様のご活躍についてはお聞きしております」

私の挨拶に対して、カインドくんも無難な挨拶を返してくる。

……そして思わず顔を見合わせて何とも言えない表情を浮かべ合ってしまった。

これは逆に会話の流れを摑《つか》む機会を失ってしまった！　どうしたものかと思っているとハルフィスが苦笑しながら話を繫《つな》げてくれた。

「マゼンタ公爵子息様は今年度からの入学でしたね、学院生活はどうですか？」

「正直に言えば苦労を多く感じています。貴族学院も新しい体制に変わろうという最中ですので、マゼンタ公爵家の跡継ぎとして気を張っていなければなりませんから……」

「でも、マゼンタ公爵子息なら大丈夫だと思います。佇《たたず》まいからお父上の面影を感じますから。経験を重ねればマゼンタ公爵家の次期当主として立派になられると思います」

これは本心だ。そう思いながら私がカインドくんに伝えると、カインドくんは少しだけ目を見開かせた。けれど、すぐに無表情へと戻って軽く一礼をする。

「ありがとうございます。その賞賛に恥じぬように精進致します」

「うん、頑張ってね。応援してるよ」

それで会話を終えても良かったんだけれど、ふとカインドくんがまた表情を悩ましげなものへと変えた。それが気になってその場に留《とど》まってしまう。

「……アニスフィア王姉殿下、ユフィリア女王陛下は息災でいらっしゃいますか？」

私が気にしているとカインドくんの方から問いかけてくれた。

ユフィを女王陛下と呼ぶカインドくんに内心、申し訳なさを感じてしまう。それを表に出さないように取り繕いながら、私は質問に答える。

「ええ、元気ですよ。忙しくしていますが、充実した日々だと本人も言っていました」

充実しすぎて、時たま、その、喰《く》われていますけれど。

やめやめ、今は思い出す時ではない。去れ、去りなさい邪念！　あと少し手加減もしてください！　魔力不足で動けなくされるのは困ります！

ちゃんと寝ていれば回復するけれど、翌朝の気怠《けだる》さだけは本当に慣れないんだよ！

「そうですか、それは何よりです」

「心配していたと、私からユフィに伝えておきましょうか？」

「……いいえ、その必要はありません」

私の提案に対して、カインドくんは少し悩んだのか間を置いてからそう答えた。

「今の私は臣下の一人、ましてやたかが学生の身でございます。女王陛下の耳に入れるような話でもありません」

「……それは」

「アニスフィア王姉殿下、ネーブルス子爵令嬢様、どうか良い夜を。私はここで失礼させて頂きます」

綺麗《きれい》な一礼をした後、カインドくんは背を向けて去っていってしまう。私はその背中を見つめることしか出来なかった。

そんな私に対して、ハルフィスが心配そうに視線を向けてくる。

「アニスフィア王姉殿下……」

「……大丈夫だよ。ちょっと思うところがあっただけだから」

カインドくんの内心を想像すると、やはり心の中に罪悪感が滲《にじ》んできてしまう。

幾ら親であるグランツ公やネルシェル夫人が納得していても、弟であるカインドくんも納得出来るんだろうか？

たとえ、カインドくんが納得しないといけない立場だとしても、心というものは自分の思い通りにはならないものだから。

喉の渇きを感じてグラスに口をつける。甘いドリンクの筈なのに、渋くて苦みを感じてしまうのだった。

＊　＊　＊

「ユフィリア様の弟様が気になる、ですか？」

「うん……」

夜会に参加した次の日、私はユフィが王城に向かった後、イリアにカインドくんについて相談していた。

「ほら、いきなりユフィが王家に養子入りしたり、女王に即位したりしたでしょ？」

「そうですね。それで心の整理がつけられていないのではないかと心配だと？」

「……うん」

私の言葉を聞いたイリアは、少し悩ましげに眉を寄せた。

「確かに、ユフィリア様を王家と国の都合で随分振り回してしまったのは事実です。蟠《わだかま》りを残してしまっていても仕方ありません。ですが……」

「ですが？」

「それでもユフィリア様が女王になる道と条件を定めたのはグランツ公です。ユフィリア様はそれを乗り越えて女王へと即位致しました。なら内心はどうであろうとも、その決定に従うのが当然だとも言えます」

「厳しいことを言うね……」

「それだけマゼンタ公爵家の肩書きが重いということです」

肩書きが重い、か。筆頭貴族でもあり、遠縁といえど王家の血を引いていて、国王の腹心であり婚約者として王家に望まれる程の血筋を持っているマゼンタ公爵家の立場はイリアの言う通り途方もなく重たいものだ。

その肩書きを背負う以上、普段の振る舞いも必要以上に見られてしまう。それは仕方ないことだと思うし、厳しいけれどイリアの言っていることは間違いではない。

「でも、このままにしても良いのかな……」

「このまま、と言うと？」

「……だってさ、立場は変わってもカインドくんはユフィの弟なんだよ。本当にお互いが気にしないまま過ごせるのかな。なんか、それは嫌なんだよ」

「アニスフィア様……」

「立場が許さない、ってのはわかるよ。でも立場のことばかり考えて、その心情まで蔑《ないがし》ろにしていいとは思えなくてさ……」

天井を見上げるように椅子の背もたれに背中を預けながら、私は大きく溜息《ためいき》を吐《つ》く。

「あー、もう！　なんかモヤモヤするなー！」

私は髪を両手で掻《か》き混ぜながら頭を抱える。なってしまったものは仕方ないのだけれど、このまま望まない状況が続くのは非常に落ち着かない。

「……それでは、ネルシェル公爵夫人にご相談されてみては？」

「ネルシェル夫人に？」

「グランツ公よりネルシェル公爵夫人の方がカインド様と接する機会が多い筈《はず》です。相談するのであればネルシェル公爵夫人にご相談されるのが一番ではないかと」

「うーん、それもそうかな。それにネルシェル夫人とは一度、ちゃんと話す機会を持ちたかったし。……でも、どういう理由で会いに行けば良いのかな？」

「普通にユフィリア様について相談がある、でよろしいのでは？」

「でもユフィは表向き、マゼンタ公爵家とは縁を切ってるし……」

「それなら尚更《なおさら》、お忍びでお会いしたいという理由に出来るのではありませんか？　理由を問われても、個人的な質問になるので内容は伏せたいと伝えれば問題ないかと」

「そ、それでいいのかな……？」

「ユフィリア様がマゼンタ公爵家を私的に訪れるのは色々と勘ぐられる恐れがありますが、アニスフィア様であればそこまで問題にはならないかと」

「確かに、ユフィの近況を伝えられるならネルシェル夫人には伝えたいしね。それで行こうか。訪問が許されるかどうか手紙を出してみるよ」

そして私はネルシェル夫人にお会いしたいという手紙を書くことにした。

私の手紙に返事が来たのはすぐだった。ネルシェル夫人も私と会えるなら、と許可をくれた。そして私は単身、マゼンタ公爵家へお忍び訪問するのだった。

1章　姉と弟、想《おも》い合う心

「我が家に訪問されるのは久しぶりですね、アニスフィア王姉殿下」

「いえ、こちらこそ訪問の許可を頂けて感謝しております。ネルシェル夫人もお元気そうで何よりです」

マゼンタ公爵家の応接間、そこで久しぶりに顔を合わせたネルシェル夫人は相変わらず穏やかな雰囲気を纏《まと》っていた。

微笑を浮かべている表情にユフィの面影を見出《みいだ》してしまって、少し落ち着かない。

「アニスフィア王姉殿下が我が家に来られたのは、ユフィを離宮に連れて行った時以来でしょうか？」

「そうですね。あれから早くも一年以上が過ぎていると思うと、時の流れというのは早いものです」

「その一年もの間に多くのことが起きましたが、ユフィは元気にしているようですね。グランツも楽しそうに相手にしているようで」

クスクスと楽しそうに笑いながらネルシェル夫人はそう言った。その言葉に私は思わず目を丸くしてしまう。

「グランツ公、家でユフィのことを話してるんですか？」

「私と二人きりの時はよく話していますよ。グランツも難儀な人ですからユフィも大変でしょう。その点についてはお互い様のような気もしますが」

「まぁ、その、じゃれ合いと言えばじゃれ合いかもしれませんね……」

ユフィはよくグランツ公が吹っ掛けてくる無茶振りに対して、私に愚痴を零《こぼ》していたりする。それでも心の底から嫌がっているという訳ではなく、遅れてきた反抗期というか、反発心が擽《くすぐ》られているようにも見える。

ただ、あまりに酷《ひど》いと私に余波が来るのでグランツ公には程々にして欲しいとは思っているけれど。思わず苦笑を浮かべてしまう。

「……それで？　本日はどういったご用件で我が家に？」

本題を切り出してきたのはネルシェル夫人からになってしまった。気遣わせてしまったかと思って、私は少し申し訳なくなりながら返事をする。

「先日参加した夜会でカインドくんとお会いしました。その時の様子が気になってしまったので……」

「カインドがですか」

「その、今更ですけどマゼンタ公爵家にはかなりの迷惑をかけてしまったので……」

「主君に仕え、そのお心に寄り添うことも臣下の役目でございます。それに王族が簡単に謝罪を口にしてはなりませんと、シルフィーヌ様に叱られてしまいますよ？」

「……そう、ですね。つい気持ちが抑えられなくて」

どうしても重苦しい表情になってしまう。そんな私に対してネルシェル夫人は穏やかに微笑《ほほえ》んだまま告げた。

「お気持ちだけ受け取っておきます。それにアニスフィア王姉殿下が心を乱してしまったのもカインドに原因があるのでしょう？」

「……はい、そうですね。ちょっと心配になってしまって」

「それでカインドに気を遣って、わざわざ訪問してくださったということですか？」

「それと、私が腹を割って話しておきたかったというワガママです」

「ワガママですか……」

「ユフィを複雑な立場にしてしまった主な原因は私にあります。そのせいでユフィと家族の関係を絶たせてしまいました。そのせいでカインドくんが心を痛めているというのなら、少しでもその心に寄り添いたいと思うんです」

「成る程……」

静かに呟《つぶや》いて、ネルシェル夫人は一息吐くようにお茶を手に取った。

私も倣《なら》うようにお茶を手に取り、喉を潤してから改めてネルシェル夫人に問いかけた。

「ネルシェル夫人は私に思うところはないのですか？」

「思うところとは？」

「王家の養子になるために、そして女王の座につくためにユフィにマゼンタ公爵家を切り捨てさせたことについてです」

私は唾を飲み込んでからネルシェル夫人に問いかけた。

私の問いかけにネルシェル夫人は何も答えず、もう一度、お茶を口にした。ティーカップを置く音すらはっきり聞こえる程の沈黙に緊張してしまう。

「ふふ、それはアニスフィア王姉殿下の杞憂《きゆう》としか言えませんね」

「杞憂ですか……？」

「そもそも、私はユフィが離宮に連れて行かれた時からこうなるのではないかと思っていました。結局、王家に入る形が変わっただけで特に思うこともありません」

「でも、そのせいで家との関係まで絶たせてしまって……」

「私もユフィの背中を押した身ですから、ユフィが選んだことならそれで構いません」

はっきりと言い切るネルシェル夫人。そんな彼女の表情を窺《うかが》うように見つめてしまう。

ネルシェル夫人は穏やかに微笑んだまま、私の視線を真っ向から返すように見つめてくる。その目力の強さにこちらが目を逸《そ》らしてしまいそうになる程だ。

「いずれ子は親から巣立つものですもの。それに家の繋《つな》がりが絶たれたといっても臣下としての繋がりまで切れた訳ではありません。臣下として支えれば、結果的にユフィのためになるでしょう」

ネルシェル夫人の言葉に私は何も言えなくなってしまう。本人が言うようにネルシェル夫人やグランツ公、そしてユフィもそれで納得することが出来てしまうのだろう。

でも、カインドくんはどうなのだろう？

「カインドはまだまだ未熟ですね。それでも気にしてくださったことには感謝でお応えすべきだと思っております。たとえ貴方《あなた》様にどのような後悔があろうとも」

「……はい」

ネルシェル夫人は私の内心を読んだようにそう言ったので、思わず冷や汗を流してしまった。穏やかそうに見えて本当は怖い人だな……。

「それではカインドを呼びますので、どうかアニスフィア王姉殿下が納得するまで話してやってください」

「ありがとうございます」

ネルシェル夫人はそう言って、待機していた執事に指示を出してカインドくんを呼びに行かせた。

カインドくんが応接間にやってきたのはそれからすぐだった。まずノックの音が聞こえて、続いて入室を求める声が聞こえてきた。

「母上、カインドです。ただいま参りました」

「入りなさい」

「失礼致します。……ッ⁉」

カインドくんは中に入って、一礼をしてから顔を上げる。そしてネルシェル夫人の対面に私が座っていることに気付いて驚きの表情を浮かべた。

「母上、何故《なぜ》アニスフィア王姉殿下がここに……？」

「まずは座りなさいな」

ネルシェル夫人に着席を促されて、カインドくんは戸惑いながらもネルシェル夫人の隣の席に腰を下ろした。

「カインド、アニスフィア王姉殿下は貴方が心配で訪ねてくださったのよ」

「アニスフィア王姉殿下がですか……？」

「その……夜会でユフィのことを気にしてるようだったから。でも、あまり聞くこともしないで去っちゃったでしょ？」

「まさか、それを気にして……？　それは申し訳ございませんでした。簡単に感情を悟られてしまうなどと、お恥ずかしいところをお見せしてしまいました」

「謝る必要はないよ。ただ、カインドくんには色々と本心で話をしたかったから」

カインドくんは何を言われたのか理解が出来ない、と言わんばかりにキョトンとした。その表情がユフィに似ていて、やはり姉弟なんだと思ってしまう。

「これから何を言われようとも不敬に問わない。私に思うことがあるなら全部言って欲しい。カインドくんは色々と不安に思うことも、納得いかないこともあるよね？」

私がそう言うと、カインドくんは難しげな表情で黙ってしまった。それから暫《しばら》く黙った後、カインドくんはゆっくりと口を開いた。

「……不敬に問わないと言うのなら本音で話させて頂きますが、正直に言えば不安でいっぱいです。特に王家が姉上をどうしたいのかも、私には理解が出来ませんから」

「それは……そうなっちゃうよね」

「姉上は王家から嫁いで欲しいと望まれた婚約者でした。しかし、姉上がアルガルド元王子から受けた仕打ちは今でも信じられない思いでいっぱいです」

　そこまで言ってから、カインドくんは大きく息を吐いて首を左右に振る。

「かと思えば、異端視されていたアニスフィア王姉殿下の研究助手となり、挙げ句の果てに精霊契約者になり、王家の養子となってそのまま女王に？　とてもではありませんが、すぐにはのみ込めません」

「あー、うん……傍目《はため》から見てると本当に戸惑うよね……」

「勿論《もちろん》、私だってわかっているのです。姉上が自分で選んだ道だと。それなら私が横からとやかく言うべきことではないとは思っています。ただ、あまりにも唐突に関係が変わってしまったので、どう接していいものかと……」

　本当に困り果てたと言わんばかりの表情でカインドくんは眉を寄せてしまった。聞けば聞く程、耳が痛いというか、周囲から見たらそう見られても仕方ないと思う。

「戸惑うのは当然だよね……」

「お気遣い、ありがとうございます。……正直に言えば王家に対して憤《いきどお》りのような感情も覚えていました」

「うん……」

「けれど状況が憤っているままではいられなくなって、そのせいで姉上……いえ、ユフィリア女王陛下に対してどのように振る舞えば良いのかわからなくなっていました」

　カインドくんは困惑を通り越して、最早《もはや》悟りを開きつつある人のような遠い目をしていた。その表情に私は居たたまれなくなって渋い表情を浮かべることしか出来ない。

「……それに」

「ま、まだあるの？」

「一番大きな不安なのですが、姉上のお身体《からだ》は本当に大丈夫なのでしょうか？　精霊契約者の詳細については聞き及んでおります。これから姉上が歩むだろう未来についても」

　カインドくんが暗い表情へと変わって、握り合わせた手を見つめている。憂うようなその表情に、私は今度こそ何も言えなくなってしまった。

「精霊になるということがどういうものなのか、私にはわかりません。人ではないものになっていくのは……どういう気持ちなのでしょうか？」

「……カインドくん」

「私は後から全てを知りました。それはどうしようもないことだとわかっているのです。ただ、あまりにも急で、精霊契約者になってしまった姉上を、女王の座につくあの人をどんな風に受け止めれば良いのでしょうか……？」

　戸惑うように、そして嘆くように。カインドくんはここではないどこかを見つめながらそう言った。

「姉上がどこまでも遠くに行ってしまって、家族としての縁も絶ってしまって。もしかしたら姉上は家族のことを忘れてしまいたかったのかもしれない、そう考えてしまうこともありました」

「ユフィは……忘れてしまいたいなんて思ってないよ」

「それでも姉上は王家を、そして貴方を選びました。婚約破棄の一件で姉上は傷ついた筈《はず》です。それなのに、それでも王家に尽くそうとする姉上が、その身を人ならざる者に変えてまでそうするのか……僕には理解出来ない」

カインドくんは組み合わせていた手を解いて、その手で額にかかった前髪を掻《か》き上げる。一人称が私から僕に変わっているのが、素の彼なんだと感じさせた。

「姉上がどうしてそのような選択をしたのか、僕には何もわからないんです。そうなってしまった原因である貴方のことも疎《うと》ましく思っているのかもしれません」

「……私を疎ましく思うのは、自然なことだと思うよ」

「しかし、私は臣下の身です。そのような感情を抱くことは許されませんし、仮に抱いたとしても悟られぬようにすべきでした。私の未熟さ故にアニスフィア王姉殿下にはご心労をかけてしまいました」

「カインドくん。……私も話を聞いて欲しい」

私は出来るだけ穏やかな声でカインドくんへと呼びかけた。カインドくんは下げていた視線を上げて、私と視線を合わせてくれた。

その目力の強さはマゼンタ公爵家共通の特徴に思える。カインドくんはユフィの弟なんだ。たとえ、その関係がどれだけ変わってしまっても。

「ユフィに今の道を選ばせたのは私だ。私はユフィに助けられているし、ユフィを掛け替えのない人だと思っている。でも、本当はもっと穏便に済む道だってあった筈で、ユフィが精霊契約をする必要も、マゼンタ公爵家と縁を絶つ必要もなかったかもしれない」

「アニスフィア王姉殿下、それは……」

何か言おうとしたカインドくんの前に手を出して制止しながら、私は続ける。

「勿論、ユフィの選択はユフィだけのものだ。それを私が申し訳なく思うのは身勝手な話だ。私が申し訳ないと思うべきなのは、ユフィが大きな選択をしなければならない状況を招いてしまったこと。もっとこの国に王族として真剣に向き合っていれば良かったのかもしれない。私の行いと態度が今の状況を招いた原因の一つなのは間違いないから」

王族として国に向き合う。その道を私は選ばなかった。ユフィは私の選択で起きてしまった事態のツケを代わりに払ってくれているようなものだ。

だからユフィ一人に任せるようなことだけは絶対にしたくないんだ。

「こんな状況を招いて、カインドくんの心を掻き乱す原因を作った私が言うのもおかしな話かもしれないけれど、どうかユフィのことを諦めないで欲しいんだ」

「諦めないで欲しい、とは……？」

「私のワガママなのはわかってる。表では姉弟として接することが出来なくても、それでも私はカインドくんにはユフィと家族でいて欲しい。カインドくんだけじゃなくて、グランツ公やネルシェル夫人にもね」

私はカインドくんを真っ直《ます》ぐ見つめながら、祈るような気持ちで言葉を紡《つむ》ぐ。

「私はユフィを精霊契約者にして、多くのものを捨てさせてしまった。責任も感じているけれど、それよりも何より私はユフィに幸せになって欲しいと思ってるから」

グランツ公はその点、上手に振る舞っているのだと思う。父としてではなく臣下として向き合い、内心ではユフィの成長を密《ひそ》かに喜んでいる。

ネルシェル夫人も器が大きいのか、ただ全てをありのままに受け止めてくれているような気がする。

そんな中で、まだ幼いカインドくんに全てをのみ込んでみせろというのは難しいかもしれない。そうすべき立場なのだとしてもだ。

「全てを元に戻すようなことは出来ないし、なかったことにも出来ないんだ」

過去は変えられない。でも、これから先の未来はまだ決まっていない。私が望む未来を掴《つか》むためには、私一人だけの力じゃ到底足りない。

だから、今度こそ色々な人と向き合いたい。私の思いを受け取ってもらうためにも。

「だからカインドくんはユフィのことをこれからも姉だと思っていていいと思うし、その繋《つな》がりが切れないように私も配慮する。カインドくんが抱く憤りや不満は、全部私が受け止めるから」

カインドくんは何も言わず、引き締めた表情で私を見つめてきた。その圧の強い視線から決して目を背けず、私はカインドくんと向かい合う。

どれだけそうして黙っていただろうか。カインドくんが根負けをするように視線を逸《そ》らして、深々と溜息《ためいき》を吐《つ》いた。

「ハッキリ言って、僕はアニスフィア王姉殿下のことをよく思ってません。苦手だとすら思っています。貴方《あなた》のために姉上が大きな決断をしたこともうまく割り切れません」

「割り切って欲しいなんて言えない。そう思われても仕方ないことをしてきたのは事実だから。それでも、その上で私はこれから先もユフィと共に歩んでいきたいと思っている。私にとってユフィは世界で一番、大切な人だから。多くのものをユフィに背負わせてしまったけど、だからこそユフィの想《おも》いに応えて幸せにしてあげたいんだ」

「……欲張りな方ですね」

「よく言われる」

私が微笑を浮かべて返すと、カインドくんも困ったように眉を寄せながら苦笑した。

「今度こそちゃんと、これからのことに責任を持ちたいんだ。この先、ユフィが悲しむことや辛《つら》い思いをするようなことが起きないように。ユフィがずっと幸せでいてくれるように。それがユフィの想いに対して返せる私の誠意だと思ってる。そして、私が思う幸せの中にはマゼンタ公爵家の皆《みんな》もいるから」

「……わかりました。しかし、姉上が本当にどう思ってるか僕にはわかりませんので」

「それなら私がユフィの言葉を届けるよ。直接話をすることが出来なくても、思いが通じ合うように私が繋ぐから」

カインドくんは私の言葉を受けて、何かを堪《こら》えるように目を閉じた。すっかり黙り込んだ後、ゆっくりと息を吐き出す。

その後、カインドくんが浮かべたのは柔らかな微笑だった。少しだけ仕方ないというように眉を寄せながら、彼はこう言った。

「……やはり僕は貴方が苦手です。アニスフィア王姉殿下」

「それはごめんね。私はカインドくんのことは嫌いにはなれないと思ってるんだけどね」

「私についてはお好きになさってください。……それで早速なのですが、アニスフィア王姉殿下に聞いて頂きたいお願いがあります」

「いいよ、出来る範囲で叶《かな》えるから」

「――姉上を、どうかよろしくお願いします」

私は思わず息を呑《の》んでしまった。その言葉は、どこまでも真っ直ぐで愛情が込められていた願いそのものだったから。

「これから精霊契約者として途方もない道を歩むあの人を、絶対に幸せにしてあげてください。それが僕の願いです」

「……わかった。必ずそのお願いは果たす。精霊に誓うよ」

この願いは決して蔑《ないがし》ろにしてはいけないものだ。だから私は心を込めてカインドくんへと返答する。

私の返答を受けたカインドくんは、心の底から安心したというように微笑《ほほえ》んでくれた。その表情は年相応な、少し幼げなものだった。

＊　＊　＊

「――アニス？　マゼンタ公爵家に行っていたというのはどういうことですか？」

マゼンタ公爵家にお邪魔した夜、政務を終えて離宮へと戻ってきたユフィが僅かに眉を寄せながら問いかけてきた。

「えっと、内緒にしててごめんね。あっ、これはちょっとお怒りモードですね？ でも、何も問題はなかったから安心して」

「……理由を説明してください」

「この前参加した夜会でカインドくんと会ったんだけど、ユフィのことを気にしてたようで、それならしっかりお話をした方が良《い》いかと思って……色々と……」

するとユフィの眉間に寄っていた皺《しわ》が更に深くなり、頭痛を堪えるように額に手を当てながら深々と溜息を吐く。

「それでわざわざ弟のために……？」

「うん。カインドくんは本当にユフィのことを心配してたから。だからユフィは大丈夫だって伝えて、カインドくんからも伝えたいことがあるなら私がちゃんとユフィに伝えるからって約束してきたんだ。だからユフィもカインドくんに何か伝えたいことがあったら私が伝えてくるから教えてね。……それとも、迷惑だったかな？」

「……迷惑という訳ではありませんが、私は表向き実家とは関係を絶っているように振る舞わないといけません。カインドもそこは理解していると思ってましたが……」

「理解しているのと、何も思わないのとは違う話でしょう？」

「……それは、そうなのですが」

「私は話が出来て良かったと思ってるよ。確かにユフィとマゼンタ公爵家の縁は切れてしまったけれど、それでも家族として思っているのは良いことだから。それにユフィは公私混同なんてしないでしょ？」

「しないですけれど……」

「なら、仲良く出来るならその方がいいよ。立場が難しくても、障害があっても、私たちみたいになる必要はないんだから」

自分で口にして、思い浮かべてしまった姿に私は目を伏せてしまう。

私はカインドくんに──アルくんの姿を重ねてしまっていたのかもしれない。

だから立場が変わってしまったことで離れてしまいそうなユフィとカインドくんを見て何もせずにはいられなくなったのかもしれない。

「アニス……その、申し訳ありませんでした。アニスの気持ちも考えずに、私は……」

すると、ユフィが申し訳なくて落ち込んでしまったかのような表情になっていた。

ユフィの表情に気付いた私は思わず慌てて、両手をわたわたと振った。

「ご、ごめん！　別に当て付けって訳じゃないの！　ほら、ユフィはカインドくんと会おうと思えばお忍びでも何でも方法があるでしょ？」

「……それは、そうですが」

「お互いを想い合ってるんだから、すれ違ってしまうのは悲しいよ。だから私が仲介するし……あぁ、もう、何言ってもダメだね、ごめん……」

どんどん凹《へこ》んでいくかのようにユフィの表情が暗くなってしまう。私もなんとか前向きに話を持っていこうと思ったけれど、何を言っても裏目に出る気配だ。

振り返ってみれば、アルくんが王都から辺境へと旅立ってしまってから一年近く経過している。それなのに、今でも私は心の整理をつけられていないのかもしれない。

そんなことを考えていると、ユフィが私の背中に手を回して優しく抱き締めた。

「わかっていますよ。わかっていますから謝らないでください。アニスに謝られると私も謝りたくなってしまいます」

「……うん」

「カインドとは機会を窺《うかが》って話をしてみます」

「うん」

「アニスの言う通り、私たちは話し合う機会を持つことが出来ます。たとえ縁が切れてもカインドのことを弟だと思っていますし、次のマゼンタ公爵として立派になって欲しいと思っています。そして、これからの私の治政を助けて欲しい」

「その方がずっと良いよ。だって……姉弟なんだから」

背中に添えられたユフィの手が僅かに震える。でも、どうしても言いたかったんだ。ユフィには私のようになって欲しくない。理由なんて、ただそれだけで。だから今日はうんとユフィを甘やかしてやりたいと思う。

……本当はあの子だって甘やかしてやりたかった。そんな私の思いを感じ取ったのか、ユフィは素直に身を預けてくれた。

本当にユフィは得難《えがた》い人だ。頼りになる。頼りになりすぎて、そのまま思わずよりかかってしまいたくなる程に。

（――アルくん。貴方は……今、何をしているのかな？）

遠い場所に旅立ってしまったあの子は、どんな思いで日々を過ごしているのだろう？

2章　それって新婚旅行じゃない⁉

私がマゼンタ公爵家を訪ねてから数週間程経過したある日のこと。

王城に来て欲しいとユフィから報《しら》せを受けて、私はハルフィスとガッくんと一緒に王城の執務室へと顔を出した。

父上の執務室だった部屋は、今はユフィの執務室となっている。かつて父上が座っていた席に座りながらユフィが念盤《ソート・ボード》を使って書類を作成していた。

その側《そば》に控えるのはレイニだ。すっかりユフィの秘書としての立ち位置が板についているように見える。

その他に執務室にいるのは、ユフィの補佐として政務を手伝っている父上と母上、そして何故《なぜ》かスプラウト騎士団長までいた。

私たちが入室するとスプラウト騎士団長が笑みを浮かべて近づいて来る。

「ガーク、よく働いているようだな」

「は、はいっ！　スプラウト騎士団長もお元気そうで何よりでございます！」

「はっはっはっ！　なに、そう硬くなる必要はないぞ」

ガッくんの肩を軽く叩《たた》きながらスプラウト騎士団長は爽やかにそう言う。

和やかな空気が広がっていたけれど、父上が場を仕切り直すようにわざとらしい咳払《せきばら》いをした。

「父上、アニス、そしてハルフィス嬢とガーク君だったな。よく来てくれた」

「父上、この集まりは一体……？」

「それを説明するために足を運んで貰《もら》ったのです。まずは座って楽にしてください」

ユフィが微笑を浮かべながらそう言った。スプラウト騎士団長がいるってことは、騎士団絡《がら》みで何か動きでもあるのだろうか？　そんな事を考えながらソファーへ座り、全員が座ったのを確認してからユフィが話を切り出した。

「この話は以前から計画していたのですが、ようやく動き出せそうなのでアニスには協力をお願いしたいのです」

「ユフィが協力してって言うならなんでもするけど……どんな話？　スプラウト騎士団長がいるのと何か関係している？」

「ええ、近衛《このえ》騎士団にも関わることでしたので。それでアニスに協力して欲しいのは領地の視察についてなのです」

「えぇ。それもただの視察ではなくて、エアドラと、エアドラを基に量産している騎乗型飛行用魔道具の試作品、その試験運用も兼ねています」

「あぁ、エアバイクだね。そっか、あれも仕上がってきてるんだね」

ユフィからされた話に私は掌《てのひら》に拳を置いて納得した。

先日、お披露目したエアドラ。そのエアドラを基にして量産しようと計画が動いていたことは私も知っている。

私は設計図を監修して幾つかアドバイスをしただけなのだけれどね。現場にはエアドラを作った経験からノウハウが蓄積されていたし、開発に関しては任せていた。

その時、形状がバイクみたいだったからエアバイクって名前を出してしまったらそれが定着してしまい、エアドラの量産品はエアバイクと呼ばれるようになっていたという小話があったりするけれど、それは置いておこう。

「視察には私とアニス、エアバイクを使用する数名の護衛と世話係で予定されています。飛行用魔道具によってどれだけ効率的に視察出来るかの検証も含んでいますからね」

「エアドラとエアバイクが使えるなら移動時間はかなり短縮出来るだろうね」

「はい。そして今回の視察はパレッティア王国の東部に向かう予定です」

「東部に？」

　ユフィはパレッティア王国の地図を取り出しながらそう言った。

　パレッティア王国の領土はその多くが平原で、北端から東端をなぞるように山脈群が連なっている。そして南端には海。西には隣国との国境線が引かれている。

「パレッティア王国の領土でも特に整備が進んでいるのが北部と西部です。北部は山脈群の麓にある黒の森を開拓して魔物を間引くために。西部は他国との国境線があるため、防衛のために開拓が急がれました」

「北部と西部の領土が安定して、東部と南部にも開拓を広げようとした動きがありましたが、南部は海を前にして一進一退の状況が続いて開拓が滞っているのが現状です」

「海は厄介だからねぇ。海そのものも、海に住まう魔物もね……」

　ユフィの説明を補足するレイニ。その内容に私は腕を組みながら頷《うなず》いてしまう。

　海辺ではどうしても水棲《すいせい》の魔物の方が圧倒的に有利だ。それでも塩を始めとした海産資源は確保したい。だからこそ状況が一進一退であろうとも開拓を進めようとしているのが南部の状況だ。

「それで東部なのですが、これまであまり見向きがされてこなかった土地となります」

「まぁ、田舎っていうか辺境扱いですからね……」

ガッくんがぼやくように呟《つぶや》く。それを拾ったのか、ユフィがガッくんへと視線を向けながら頷いてみせた。

「そうですね。確かガークのランプ男爵家は東部に領地を持つ貴族でしたか？」

「そうです。あ、別に今までそういう扱いをされたことに不満を持ってるとかそういうことを言いたい訳ではないですよ⁉」

「はい、わかっていますよ。あくまで現状の確認のためにしている話ですから」

北部と同じように山脈群と麓の森が続くという点で条件が一緒だけれど、西部と北部の開拓が優先されていた。

国境からの魔物が流入してこない防波堤の役割が東部の貴族には求められ、現状維持のために貴族や騎士団を配置させていたという状況だ。

「現状、東部は山脈群の麓の森手前まで人の領域を広げることが出来ています。しかし、北にある黒の森と比べれば資源地としては整備が足りてない状況です」

「じゃあ、東部の視察は今後の資源地として開拓するための下見が目的ってこと？」

私の問いかけに対して、ユフィが肯定するように頷いてみせた。

確かに現状維持が精一杯の東部は、似たような条件であっても北にある黒の森と比べると資源地としてはまったく活用されていない。

その資源が活用出来るようになれば、獲得出来る精霊資源を増やすことが出来る。

「あ、じゃあもしかして俺が呼ばれたのも……」

「そうでなくてもガークには護衛をお願いしていましたが、東部出身の方がいると都合が良いので」

ユフィは微笑を浮かべながらガッくんにそう言った。そして一呼吸を置いてから表情を引き締める。

「魔道具の普及を考えると今後、精霊石の需要が高まることが予想されます。かといって黒の森を始めとした現在の資源地の更なる開拓はリスクが高いです」

「奥に行けば行く程、強力な個体と遭遇する可能性が跳ね上がるしね……」

「特に黒の森については、詳しい人に情報を貰っているので開拓は現実的ではないという結論となりました」

「詳しい人？　現地の人？」

「現地と言えば現地の人ですが……リュミですよ」

「あぁ、リュミが言うなら確かな情報だろうね」

リュミは長き時を生きて来た精霊契約者だ。今は王都に滞在していて、神出鬼没だが、それまでは黒の森で隠棲《いんせい》していた。

そんなリュミから貰った情報で開拓が困難であるとユフィが判断したのであれば、間違いはないだろう。

「だから東部の開拓を考えてるってことなんだね？」

「はい。それに私は東部の状況には疎《うと》いので、これも良い機会だと思いまして」

「東部の状況か……」

ユフィの呟きにガッくんが何とも言えない表情で腕を組む。私はそれなりに東部の状況を知っているから苦笑を浮かべてしまう。

「昔から東部はとにかく腕っ節が強い人がたくさんいる領土とは言われてたんだよね」

「政治が苦手な荒くれ者ばかりが追放されていたから、と悪評も流されてましたね」

「うげ、は、母上……」

「事実です。良く言えば勇猛果敢、質実剛健でしたが、何より魔物と戦う腕っ節が一番とされていたのが東部貴族です」

しれっと言い放った母上に私は表情を引き攣《つ》らせてしまう。その口調の割には母上の表情が暗い。その理由は簡単で、母上は東部貴族の出身だったからだ。

「武勇の腕こそが東部の貴族の誇りでした。他国との関係に備えるための西の守りも重要でしたが、東の守りがなければ魔物の蹂躙《じゅうりん》を許してしまいます」

そこまで言ってから、母上は深々と溜息《ためいき》を吐《つ》く。

「自分たちこそが国を守っているという大きな驕《おご》りが、あのクーデターに繋《つな》がったのでしょうね……」

「あれは東部の貴族だけが悪いのではない。そもそもクーデターのキッカケは魔法で略奪を働いた盗賊団のせいだ。それも遠因が貴族にあると思えば難しい話だがな……」

母上の寂しげな呟きに父上が憮然《ぶぜん》とした表情で言葉を返している。

魔法を用いての略奪に関しては貴族と平民の垣根がなくなってしまったからには避けられない事件だったと思う。

そのせいで先々代の国王、私のお祖父《じい》様が平民を功績によって貴族に押し上げようとした政策を決定させ、そのため当時の王太子の反発を招いてしまった。

それでクーデターが勃発して、王位の簒奪《さんだつ》が起きてしまったのは父上としても大変遺憾なことだったと思うけれど。

この話題となると母上の表情が暗くなってしまうのも仕方ない。

今はミドルネームにしか残っていない母上の実家であるメイズ侯爵家は、当時の東部では筆頭格の貴族であり、クーデターの中心にいた大貴族だったからだ。

政争に敗れた後、メイズ侯爵家は母上を残してお取り潰しとなった。

(改めて思うけど……父上と母上の恋愛事情も大波乱だったんだろうなぁ)

何せクーデターを終息させた正統なる王族と反乱側に与《くみ》した大貴族の娘だ。幾ら母上が父上側について戦果を挙げたとしても、当時の母上への風当たりは強かったことだろう。

二人の馴《な》れ初《そ》めとかを聞いてみたい気もするけれど、それはまたの機会にしよう。

「しかし、東部って本当に貧乏くじばかり引いてるし、扱いも不遇なんだよね……」

「クーデター後の再編でも色々ありましたからね……」

かつてクーデター側についた家のお取り潰しや当主の交代など、大規模な再編で領地の再分配なども行われた。

そんな印象もあるせいで東部の貴族の評判はよろしくない。過去に何かあったのかガッくんが鼻を鳴らしている。

「東部出身なだけで笑う奴《やつ》が学院にも一人か二人はいるからな……」

「ですが、これから先は東部の存在は無視出来ません」

今までの空気を塗り替えるように真剣な表情でユフィがそう言った。

「まだまだ開拓が進んでいないということは、ほぼ近い条件を持つ北の黒の森と同じ規模の資源が眠っている可能性が高いということです。魔学と魔道具の発展で今以上に精霊石の需要が増すことを考えれば、東部の開拓は今後絶対に必要となります」

「お話はわかりましたが……でも視察がそんな少人数で大丈夫なのでしょうか？」

ハルフィスが不安げに質問を投げかける。その心配もご尤《もっと》もだ。かつての私なら一人で好きに行きたい場所に飛んで行っていただろうけれど。

でも、今は流石《さすが》に立場というものがある。ユフィに至っては女王様だ。ユフィの実力であれば万が一があるとは考えにくいけれど、それでも心配になるのは当然だ。

その心配はユフィも心得ていたのか、少しだけ苦笑しながら口を開く。

「我ながら口にするのはどうかとは思いますが、はっきり言えば私とアニスがいる時点で戦力としては問題ないでしょう。流石に私たちだけというのは体面が悪いので、護衛と世話係には同行して貰《もら》いますが」

「それでガッくんとハルフィスも呼んだの？」

「ええ、ハルフィスとガークはそのまま護衛として、あとは世話係としてイリアとレイニを連れて行くつもりですね」

ユフィに名前を呼ばれたガッくんは背筋を伸ばして表情を引き締めている。

ハルフィスは少しだけ期待と不安を混ぜたような表情を浮かべながら手を上げた。

「あの、それではエアバイクの運転を各自で行うということでしょうか……？」

「数には限りがあるので、基本的に一台に二人で搭乗して頂く予定となっています」

「エアドラは私とユフィが使うでしょ。イリア、レイニ、ハルフィス、ガッくんで四人、この時点で必要なのは二台分？　エアバイクの試作品は何台出来てるの？」

「三台です。ですが、残り一台は一人乗り用としようかと思っています。何か問題が起きた際、単独で連絡に走って貰う必要などあるかもしれませんから」

「じゃあ、連れて行く護衛はあと一人か。それがもしかしてスプラウト騎士団長？」

「いえ、私は近衛《このえ》騎士団を纏《まと》める役目がありますので。なので近衛騎士団から護衛を一人連れて行って頂ければと思うのですが……」

そこでスプラウト騎士団長は少し困ったような笑みを浮かべた。どうしてそんな表情をするのかと訝《いぶか》しげに思っていると、神妙な表情を浮かべたユフィが口を開いた。

「護衛として連れていきたい騎士が一人いるのですが、アニスの意見も伺いたいのです」

「え？　誰なの？　私も知っている人？」

「私が護衛として連れていきたいと思っている騎士は、ナヴル・スプラウトです」

「……えっ⁉　ナヴルくんを⁉」

私は思わず驚いた声を上げてしまって、スプラウト騎士団長を見た。

ナヴルくんはスプラウト騎士団長の息子だ。そして婚約破棄騒動の際にアルくんと一緒にユフィを糾弾した一人になる。

まさか、そんな経歴がある彼を護衛として連れて行こうだなんて話になるとは思わなかった私はただ目を丸くしてしまう。

スプラウト騎士団長も何とも言えない苦笑を浮かべながら肩を竦《すく》めている。

「親の贔屓目《ひいきめ》を抜きにしても、あれからナヴルは改心して騎士として励んでおります。それでもこの大役に抜擢《ばってき》しても良いものか悩ましいのですが……」

「私は別にナヴルくんに思うところがある訳じゃないけど……レイニは良いの？」

私がまず心配になってしまったのがレイニだった。ユフィは自分から言い出したのだから良いとして、レイニとナヴルくんの関係は色々と複雑なものだった筈《はず》だ。

「私は大丈夫ですよ。あれから私も少しなりとも成長出来たと思いますし。それに色々と吹っ切ってしまいたいという気持ちもありますので。私も、恐らくナヴル様も……」

レイニは僅かに憂いを帯びた微笑を浮かべていたけれど、その目はしっかり私へと視線を返していた。

レイニが自分の意志で決めたなら、それこそ私から言うことは何もないけれど……。

「今後もスプラウト騎士団長には私の下で采配を振って欲しいと思っています。そのためにもナヴル・スプラウトとの蟠《わだかま》りを清算しておきたいのです」

「ユフィがナヴルくんを護衛に指名することで、過去のことを水に流すってこと？」

私が確認すると、ユフィは同意するように頷《うなず》いた。

婚約破棄の一件もナヴルくんに悪意があった訳ではなくて、レイニの無自覚のやらかしの被害者だった。

レイニのやらかしだけでなく、騒動に至るまでの原因を積み重ねてしまったのはユフィにも過失があったと本人が認めているし、更には国の因習なんかも絡《から》んでくる。

このように紐解《ひもと》いていくと複雑に絡み合っていた問題なんだよね、あの婚約破棄騒動は。

だからこそ今でも尾を引くように問題の名残がある。

その問題の名残を綺麗《きれい》に解決しておきたい。それも当事者たちがそれで良いと言うなら私から口を挟むようなことではないと思う。

「わかったよ、それじゃあ護衛はナヴルくんを指名するということで」

「畏《かしこ》まりました。では、本人にはしっかりと務めるように伝えておきます」

私たちが出した結論に対して、スプラウト騎士団長は深々と一礼をする。

その礼が模範の礼よりも少しだけ深く見えたのは、スプラウト騎士団長の親心の表れだったのかもしれない。

それにしてもエアドラとエアバイク、飛行用魔道具を利用しての各地の視察か。冒険者をやっていた時は私も自由に好き勝手に飛び回っていたけれど。

それがある意味で正式な王族の視察に利用されるなんて不思議な気分だ。

（ユフィと視察に行くのか……あれ？　これってもしかして、実質的な新婚旅行みたいなものなんじゃ？）

ユフィと一緒に旅行に行く。そしてこの前の王位継承の際にユフィは実質的に私を恋人として紹介した訳だし、そう思われても仕方ないのでは？

ユフィとの新婚旅行と考えてしまうと一気に顔に熱が集まってしまった。咄嗟に手で顔を隠して誤魔化してしまう。

（えっ、ど、どうしよう……一気に恥ずかしくなってしまった……！）

なんとか熱を下げようと頬に触れてみたりするけれど、逆に頬の熱を自覚するだけに終わってしまって身を悶《もだ》えさせてしまう。

「……アニス？　聞いていますか？」

「ひゃ、ひゃい⁉」

「……どうしました？」

「え、あ、いや、その……」

「……アニスフィア？」

そんな浮かれた気持ちだったせいか、つい話を聞き流してしまった私。

この後、真面目に話を聞いていなかったことで、憤怒《ふんぬ》の鬼と化した母上に説教されてしまうのは言うまでもなかった。

＊＊＊

視察に連れて行く護衛をナヴルくんに指名すると決まってから数日後、私は近衛騎士団の訓練場を訪れていた。

いつも護衛として付いて来てくれているガッくんだけれど、彼にも当然休日がある。その休日をガッくんは訓練に使っている。それを聞いて疲労が取れているのか気になったのだけれど、そこで無茶はしないと本人が言っていた。

なんで休日の過ごし方の話になったかと言えば、ガッくんが休日に参加している訓練にナヴルくんの姿もよく見かけると聞いたからだ。

ガッくんもナヴルくんとは交流があるそうで、スプラウト騎士団長の息子であるということを抜きにしても将来性を感じる程の実力はあるらしい。

とはいえ、ナヴルくんはかつてアルくんの側近候補として側《そば》にいて、その際の失態があるから厳しい目を向けられているらしい。その視線に負けず、本人の努力もあって厳しい目も多少は緩むようにはなっているけれど、それでもまだ完全ではない。

ユフィもそんな状況を知っていたからこそ、ナヴルくんと和解したことを示すためにも護衛として連れていくことを決めたのかもしれない。

とはいえ、ユフィに和解する意志があってもナヴルくんはどうなのだろうか。命令されれば騎士である以上、断るということはないと思う。でも、その内心まではわからない。

私が前に会った時、ナヴルくんは自分の行いを振り返ることが出来ているように見えた。それから今、彼はどんな気持ちでいたのか気になってしまった。休日の訓練にナヴルくんが参加しているなら、その様子を覗《のぞ》けないかと思って足を運んだ訳だ。

「ナヴルくんは……あ、いた」

騎士たちの視界に入らないように気をつけながらナヴルくんの姿を捜すと、丁度模擬試合をしている姿を見つけた。

ナヴルくんは前に会った時よりも身長が伸びて、身体《からだ》もがっしりしたように思う。年上の騎士相手にも引けを取らず、鋭い一撃を繰り出している。むしろナヴルくんの方が押しているようだ。たまらず一歩下がろうとした相手の隙を突いて、ナヴルくんが力強く振るった剣が相手の剣を弾《はじ》き飛ばして宙を舞わせる。

相手の騎士が無念そうに天を仰いだ後、互いに一礼をして模擬試合は終わった。

呼吸を整えたナヴルくんは、そのまま少し離れて休みも取らずに素振りを始めている。

そんなナヴルくんを遠巻きに見て、何かを囁《ささや》き合いながら距離を取っている一団がいるのを見かけてしまった。

「あー、成る程ね……こういうことになってる訳だ」

「あ、本当に来てたんですね。アニス様」

「ガッくん、お疲れ様」

私に気付いたガッくんが駆け足でこちらにやって来る。そして私の視線の先にナヴルくんがいることに気付いて苦笑を浮かべた。

「あー、もしかして見ちゃいました？」

「ナヴルくんが避けられてるところ？」

「見ましたか……まぁ、喧嘩《けんか》を売ったりしている訳じゃないんで放っておいてるんですけど、ナヴル様もへこたれないというか、とにかく訓練に没頭しているもんで話しかけづらいってのもあるんですよ。先輩の騎士が何人か気にかけてくれてるんで、その人とは会話したりもするんですがね……」

「うーん、今の環境だとよろしくはないよね……」

「連携という意味でも、空気という意味でも、改善されるならそれに越したことはないですねぇ」

ガッくんが軽く肩を竦めながらそう言った。私は暫《しばら》く素振りを続けるナヴルくんを見ていたけれど、意を決して彼に近づいていく。

「やぁ、ナヴルくん。久しぶりだね」

「なっ、アニスフィア王姉殿下……⁉」

素振りを止めて、何故《なぜ》私がここにいるのかと言わんばかりに目を見開いた後、慌てて礼をするナヴルくん。

「いいよ、楽にしてくれて。改めて久しぶりだね。元気にしてた？」

「……己を見つめ直して騎士として鍛え直しているところでございます」

背筋を伸ばして、手を後ろに回した姿勢でナヴルくんは堅苦しく言葉を返してくる。

やっぱり根は真面目な子なんだよね、と思いながら苦笑を浮かべてしまう。

「そうか、それは何よりだよ。今日、ここに来たのはナヴルくんに話があってね」

「私に、ですか……？」

「近々、スプラウト騎士団長から正式に通達があると思うんだけど……私が開発した飛行用魔道具を用いての試験飛行を兼ねたユフィの視察予定があるんだよ。その試験飛行と視察の護衛としてナヴルくんが選ばれることになったんだ」

ナヴルくんは目を見開いて硬直してしまった。困惑したせいか、眉間に寄っていた皺《しわ》が更に深くなってしまっている。

「……私がユフィリア女王陛下の護衛に選ばれたと？」

「うん」

「何故、私なのでしょうか？　失礼ながら、私はかつてユフィリア女王陛下を……」

「そのせいでまだ近衛《このえ》騎士団に馴染《なじ》めてないんでしょ？　かといってナヴルくんの将来を思えばそのままにしておくのは惜しい。だから和解を示すのも兼ねてってことだよ」

「……それは、父がユフィリア女王陛下に掛け合ったのでしょうか？」

ナヴルくんは苦虫を噛《か》み潰したような表情を浮かべ、苦渋が滲《にじ》んだ声で呟《つぶや》く。

そんなナヴルくんに対して私が首を左右に振ると、また困惑の表情に戻ってしまった。

「これはユフィが言い出したことだよ。レイニも同行する予定だけど、レイニもナヴルくんが護衛になることには納得してる」

「ユフィリア女王だけでなくて、レイニ……いえ、シアン男爵令嬢もですか」

「ナヴルくんと和解出来てないままだと、スプラウト騎士団長との関係も微妙なままになっちゃうでしょう？　今後もスプラウト騎士団長には頑張って貰《もら》いたいから、蟠りを解消するためにも今回の任務ってことなんだと思うよ」

ナヴルくんは私の言葉を聞いて、拳をグッと握り締めながら軽く俯《うつむ》いてしまった。

その表情から、きっと色々な葛藤が彼の胸中で渦巻いていることを察する。

「……もしナヴルくんがどうしても無理なら私からユフィとレイニに言っておくよ？」

「アニスフィア王姉殿下……」

「ただ、私は反省して自分を戒めることだけが償いの仕方ではないと思う。勿論《もちろん》、相手が嫌だって言ってるのに無理に償おうとするのは違うと思うけどね？」

「しかし、私が護衛に選ばれても周囲の者たちは納得しないのではないでしょうか？」

「ユフィが直接、ナヴルくんを指名したのに？」

「それは……」

「それで納得出来ないなら何をどうしようとも納得してくれないんじゃないかな」

私がそう指摘すると、ナヴルくんの眉間の皺が更に寄ってしまう。このまま皺が取れなくなってしまいそうだ。

「ナヴルくんは近衛騎士団に入ったんだから嫌でもユフィと接していくことになるよ。それならここで和解出来るならその方が君のためにもなる。ユフィとレイニだってあの一件から前に進みたいって思っているから、出来ればナヴルくんには二人の願いに応えて欲しいよ」

ナヴルくんは私の言葉に目を閉じて、何か思い悩むように黙ってしまった。

それから暫く黙った後、ナヴルくんはゆっくりと目を開きながら答えた。

「正式に通達があれば、護衛として全力で務めさせて頂きたいと思います」

「うん、ありがとう」

「……二人に直接お目にかかった際には謝罪をさせて頂ければと思っています。まだ直接謝罪出来た訳ではないので」

そう言って少し表情を和らげさせたナヴルくんは年相応の男の子だった。私も彼の返答に満足げに頷《うなず》いて、笑みを返すのだった。

＊＊＊

ナヴルくんに視察の護衛任務が正式に伝えられたのは、彼が私と話してから数日後のことだった。視察に向かう前に顔合わせと、エアバイクの扱いに慣れるために練習をするということで視察に向かうメンバーは離宮に集まっていた。

離宮の応接室、そこに集まったのはまず私、ユフィ、レイニ、イリア。

そして護衛として同行するハルフィスとガッくん、そしてナヴルくん、合計七名だ。

「今回の視察に護衛として同行することになりましたナヴル・スプラウトであります！ユフィリア女王陛下、ご無沙汰しております！」

「久しぶりですね、スプラウト伯爵子息。直接顔を合わせたのはあの時以来でしょうか」

ナヴルくんは緊張した面持ちでユフィと向き合っていた。それに対してユフィは自然体でナヴルくんに接している。

「あの時は我が身の未熟さ故に大変ご迷惑をおかけしました。改めて謝罪させてください。巻き込んでしまったシアン男爵令嬢も、この通りです」

「……顔を上げてください」

深々と頭を下げたナヴルくんに対して、ユフィは静かな声で告げる。ナヴルくんが顔を上げたのを確認して、ユフィは柔らかく微笑を浮かべた。

「あの日、私たちは今よりも未熟で、知り得ないことも多く、視野が狭くなっていました。気付かなければいけないことに気付けず、大きな失態を犯したのは私も同じです」

「ユフィリア女王陛下、そんな……」

「私はこれから女王としてこの国を導くために、成長しなければなりません。かつての失敗を糧《かて》とし、前に進むために。そして共に国を率いてくれる有望な才能を持つ者たちにも同じように育って欲しいと願っています。ですので、どうか私に貴方《あなた》を許させてください。今回の視察では貴方の働きを期待しています。貴方を選んで良かったと、許したいと思って良かったと私に思わせてください。よろしいですね？」

穏やかな微笑から一転して、引き締めた表情でユフィはナヴルくんへと言葉を伝えた。

ユフィの言葉を受けたナヴルくんは、少し驚くように目を見開いた後、噛み締めるように強く唇を引き結ぶ。それからゆっくりと息を吐いて、胸の上に握った手を置いた。

「……期待に応えられるよう、全力を尽くします。ユフィリア女王陛下」

「はい。どうか期待させてください、ナヴル」

ユフィが引き締めた表情を緩めて、そう言った。

それからユフィは隣に立っていたレイニへと視線を向けた。ユフィからの視線に気付いたレイニが小さく頷いて、ナヴルくんの側《そば》まで近寄っていく。

「レイニ……いえ、シアン男爵令嬢」

「レイニで構いません、ナヴル様。……言いたいことはユフィリア様が全部仰《おっしゃ》ってくださいました。といっても、私はナヴル様が許せないとは思ってないんです。むしろ、私のせいで貴方に大変な失態を犯させてしまったこと、申し訳なく思っています」

「……いや、レイニが悪い訳ではない。あれは俺がもう少し慎重になっていれば良かったのだ。俺がすべきだったのは、アルガルド様をお止めすることだったのにな……」

レイニが謝罪を口にしたことで、ナヴルくんは苦しげな表情を浮かべながら呟くようにそう言った。

ナヴルくんの呟きに対して、レイニは静かに首を左右に振った。その表情はどこまでも澄み渡った青空のような爽やかさを感じさせてくれた。

「もう過ぎてしまったことです。あの日の失敗をやり直すことは誰にも出来ません。だから、これからの日々を強くなれるように生きていくしかないんだと思います。ですので、ナヴル様がもう一度、騎士として胸を張れるようになることをささやかながらお祈りしております。どうか、今回の視察ではよろしくお願いしますね」

「……わかった。必ず騎士として、もう誰にも恥じないように務めると誓う」

ずっと引き締めていたナヴルくんの表情がようやく緩んだ。レイニもナヴルくんのその表情に安堵《あんど》したように息を吐いて、ユフィの隣へと戻っていった。

「これにて一件落着！　良かったですね、ナヴル様！」

「ガ、ガークさん……！」

すると緊張感が抜けるような惚《とぼ》けた発言が聞こえてきて、私は思わず立っているだけなのに転《こ》けそうになってしまった。

ガッくんの隣にいたハルフィスがガッくんの背中を叩《たた》いて窘《たしな》め、ガッくんは小さな悲鳴を何度も上げていた。

そんなガッくんに対して、ナヴルくんは再び顔を顰《しか》めてしまっていた。

「……どうして貴様はそうなのだ、ガーク！」

「うぇぇ、お、怒らないでくださいよぉ……だって良かったじゃないですか……」

「それとこれとは話が別だ……！　少しぐらい空気を読んでくれ……！」

「ぇぇ……すいませんでした……」

頭痛を堪《こら》えるように眉間を押さえながら、呻《うめ》くようにナヴルくんはそう言った。ガックんはそれに対して情けない顔で小さく謝罪している。

そんなナヴルくんとガッくんのやり取りを聞いていると、どうしようもなく肩から力が抜けて笑い声が零《こぼ》れてしまった。

私が笑い声を零したことがキッカケになって、少しずつ和やかな空気が広がっていく。

その中でガッくんとナヴルくんが何とも言えない表情を浮かべていたのがそんな空気を加速させた。

最初の顔合わせとしては、これなら問題ないんじゃないかな。

そんなことを思っているとユフィと目が合った。ユフィも私と似たような感想を持ったのか、自然とどちらからともなく微笑《ほほえ》み合うのだった。

３章　花の都で君とデートを

エアドラ及びエアバイクを用いた領地の視察は、皆がエアバイクの操縦を出来るようになってから出発となった。

魔女箒《ほうき》を扱った経験があるからユフィはすぐ慣れていたけれど、他の人は慣れるまでになかなか時間が必要だった。

一番初めにエアバイクの操縦に慣れたのが意外にもレイニだ。コツを摑《つか》むと自由自在にエアバイクを操って空を駆けていたのに、ユフィも意外そうにしていた。

次に慣れたのが乗馬の経験や風魔法を扱えることが有利に働いたナヴルくんで、その次がガッくん。なかなか馴染めなかったのがイリアとハルフィスだ。

とはいえ、運転は出来るようになったので本格的に予定が組まれて視察に向かうことになった。

エアドラには私とユフィ、エアバイクはレイニとイリア、ガッくんとハルフィス。操縦に慣れていたナヴルくんは一人乗りで移動することとなった。

「それでは、気をつけて行ってくるのだぞ」

「アニス！　王族として恥じないように、破天荒な振る舞いは慎むんですよ！」

「名指しで注意は止めてくださいよ！　ほら、皆《みんな》！　出発しよう！　お説教が酷《ひど》くなるその前に！」

出発間際《まぎわ》、見送りに来ていた母上に捕まりそうになったので真っ先にエアドラに跨《また》がる私に、皆が呆《あき》れたような目を向けていた。

出発を遅らせる訳にはいかないでしょ！　母上の説教は捕まったら長いんだから！

そうして始まった視察の旅。エアドラと比較してエアバイクは出力と強度こそ劣るものの、エアドラに乗る私たちが合わせれば問題なく纏《まと》まって移動することが出来た。

疲労を溜《た》めないように細かく休憩を入れながら、私たちは順調に旅程を消化していく。

今回は高度を上げすぎずに地を滑るように飛んでいるのだけれど、街道に沿う必要もなく、ひたすら真《ま》っ直《す》ぐ進んでいけるので移動時間を一気に短縮することが出来る。

「エアバイクは素晴らしいですね、改めて実感致しました。これが騎士団に配備されれば世界が変わりますよ」

休憩の際にナヴルくんが真剣な表情でエアバイクを見つめながらそう言った。

「練習は事前に受けていましたが、こうして使ってみると効果を実感しますね」

「移動時間がめちゃくちゃ短縮されるよな、これ。扱いに慣れれば馬よりもずっと楽になるし。馬だと休ませたり、餌や水をやったりしないといけないからなぁ」

「有事が起きた際、エアバイクがあれば領地の窮状をいち早く近隣の領地に伝えることが出来る。そうすれば援軍の派遣も迅速に行える……」

「今回の飛行は高度を下げていますが、高度を上げれば地上に脅威があっても頭上を抜けていけます。勿論《もちろん》、空に魔物がいる場合には注意が必要ではありますが、このエアバイク一つで国に大きな変化をもたらすことは間違いないでしょうね」

休憩中でも熱心にエアバイクの運用や将来性について話し合っているのはガックんとナヴルくんとハルフィスの三人だ。

そんな彼等《かれら》を横目で見つつ、野外活動用の保温ポットを利用してイリアとレイニが人数分のお茶を用意している。

「皆さん、お茶の準備が出来ましたよ。ちょっとした菓子も持ってきていますので、こちらも召し上がってください」

「……野外で茶とはな」

「野外でこんなうまいもんが食えるなんて幸せだなぁ」

レイニが出したお茶を見ながらナヴルくんが神妙な表情を浮かべている。

その一方で、ガッくんはあっという間に食べてしまっていた。

そんな和気藹々《わきあいあい》としている空間を見ていると、なんだかピクニックの気分にもなってきて、自然と頬が緩んでいく。

「のどかだなぁ……」

「本当ですね」

私の呟《つぶや》きに対してユフィが相槌《あいづち》を打つように呟きを零した。

見渡す限り、平原と小さな森がある程度だ。そんな話をしていると、ガッくんがしみじみと呟いた。

「東部はどこもこんなものですよ。西部とは違って」

「ガークは東部の出身だったか」

「そうっすよ。王都に近ければそうでもないですけど、奥地に行ったら田舎でしかないですからね。畑とか、騎士団が駐留する砦《とりで》とか、そういうのばっかです」

ガッくんは平然とそう言っているけれど、ナヴルくんとハルフィスが少しだけ落ち着かないような空気を醸《かも》し出している。

「一応、私の実家も領地の括《くく》りで言えば東部なのだが、王都に近いからな……」

「あー、スプラウト伯爵領はそうですよね。ネーブルス子爵家は西部だっけか？」

「私の実家は西部に領地があったアンティ伯爵家の領地の一部を授けられたので……」

「よく西部の奴等《やつら》が自慢しているけれど、西部には色んな街があるって本当なのか？」

「西部は他国との国境線がある。輸入物を取り扱うことも多いので、それ故に外国の文化を取り入れる傾向がある。それが様々な街が出来上がる理由だろうな」

「そうだね。ちょっと贅沢《ぜいたく》な買い物とかするなら西部の方がいいよ」

「そうですね。実際、見て楽しいものは多いと思います」

私がそう言うとハルフィスが微笑を浮かべながら頷《うなず》いた。こうして話していると、地方にはそれぞれの特色が現れるということなんだろうな、と思う。

「まぁ、東部だってこれからの発展次第で変わってくると思うし、今までのような扱いをされないようになっていくと良《い》いよね」

私はそう言うと、何故《なぜ》だか皆が改まってまじまじと私を見てきた。

「え、何？　その目？」

「……なんというか、本当にアニス様は凄《すご》いっすよね。ユフィリア様もですけど」

「急にどうしたのさ。というかユフィはわかるけど、なんで私まで？」

「だってアニス様が魔学を見出《みいだ》したから、東部だってもっと開拓しなきゃいけない理由が出来たってことじゃないですか？」

「そう言われると、そうかもしれないけれど……」

「そうでなくても東部でアニス様の活躍を知らない奴の方が少ないでしょうし」

「ガーク、アニスフィア王姉殿下の活躍というと？」

「アニス様は冒険者の頃からよく東部に来てくれてましたから。高位ランクの冒険者だし、厄介な依頼だって物怖《ものお》じせずに受けてくれてたんで感謝してる人は多いんですよ」

「成る程、そういうことか」

ガックくんが何故か誇らしげに言って、ナヴルくんは感心したように頷いている。

その様子を見ていると、なんだか申し訳ないというか、羞恥心のようなものが込み上げてきて苦笑を浮かべてしまう。

その表情の変化に気付いたのか、レイニが小首を傾《かし》げながら私を見た。

「アニス様、どうかしたんですか？」

「いや、褒められるとちょっと、褒められるようなことはしてないというか……私も最初は他の冒険者と同じように黒の森近辺で活動してたんだけどね……」

「はい」

「……狩りすぎて、他の人からちょっと遠慮してくれって言われるようになってね？」

「あぁ……」

「スタンピードが起きた時とかに行くと喜ばれるんだけど、普段からそっちで活動してるとお小言が増えてきたから、私ならもう十分にやっていけるから東部に行け！　って言われるようになったのが東部で活動する切っ掛けで……」

「懐《なつ》かしい話ですね……」

イリアがしみじみとした様子で呟く。それで私の言っていることが真実なのだと理解した皆の視線がなんとも生暖かい。

「そんな経緯で東部に来てたんですね、アニス様……」

「ちなみにガッくんに喧嘩《けんか》を売られたのが東部に来たばかりの頃だよね」

「うわーっ！　しまった、藪蛇《やぶへび》だった！　その話は勘弁してください！」

ガッくんが両手で顔を覆って天を仰いでしまった。皆はだいたい苦笑を浮かべているのに、ナヴルくんだけ神妙な表情でガッくんの肩をぽんぽんと叩《たた》いている。

そんな穏やかな休憩時間は、皆の小さな笑い声と共に過ぎてゆくのだった。

＊　＊　＊

私たちが最初に視察先として訪れたのはベルヴェッタ。パレッティア王国東部における最大の交易都市とも呼ばれていて、東部の中ではまだ華やかな街である。

ベルヴェッタよりも東に住む人にとっては憧れの地方都市と言えば良いだろうか。その都市に無事に辿《たど》り着けたのだけれど、それはそれとして別の小さな問題が発生していた。

「えっ、お忍びで歩きたいですって⁉」

「ほら、ベルヴェッタなら色々と見て歩けるし、普段の平民の生活や物価の事情を知るには一番適してると思うんだけど……」

「だからといってユフィリア女王陛下とアニスフィア王姉殿下が街に出るのに護衛をつけないというのは……」

難色を示しているのはナヴルくんだ。彼は眉間に皺《しわ》を寄せて困り果てていた。私は頬を搔《か》きながら、どう説得しようかと頭を悩ませる。

「少し離れて付いてくるとかじゃダメ？　後はナヴルくんたちも街の調査ということで、どうかな？」

「……どうしてそこまでお忍びに拘《こだわ》るんですか？」

（折角だからユフィとデート的なことがしたいな、なんて言ったら呆れられそう……）

思い返せば、ユフィと心を通わせたけれど、その後デートらしいことをした覚えがない。ユフィが女王としての政務で忙しくしているから、お出かけをする時間なんて取れないのは当然の話なのだけれど。

勿論、部屋でお喋《しゃべ》りしたり、一緒にベッドで寝たりはしているよ？　ただ、欲を言えば普通の恋人らしいことだってしてみたい。ベルヴェッタを越えたら散策を楽しめるような街は減るし……。

でも、我《わ》が儘《まま》かな……ここにはお仕事で来ている訳だし。いや、私だってただ遊ぶためだけに提案をした訳ではなくて……。

「良いのではないでしょうか、ナヴル。アニスの言うことにも一理あります」

「ユフィリア女王陛下まで……」

「それに私も民の普段の生活には興味があります。その分野には疎《うと》いという自覚がありますので、不足を埋められるというのならアニスの提案は良いものだと考えていますが」

「……確かにユフィリア女王陛下の身分を考えれば民の生活には疎くなってしまうというのは理解出来ますが、御身の危険を考えると……」

幾らユフィが賛同してみせても、それでもナヴルくんは難しい表情で唸《うな》っている。

「ナヴル様も真面目だなぁ、別に良いんじゃないですか？」

「おい、ガーク……」

そこに暢気《のんき》な調子でガッくんが言葉を挟んできた。ナヴルくんが軽くガッくんを睨《にら》むけれど、ガッくんは気にした様子はない。

「この二人が襲撃されたとして、不意打ちだろうと簡単に返り討ちですよ。それに何もナヴル様に護衛の役割を放棄しろと言ってる訳ではなくて、後ろから付いてくるのは許してくれてるんですから。落としどころとしては良いと思うっすよ」

「今回の視察にはユフィリア様の息抜きも兼ねていますので、私も賛成します」

「レイニまで……はぁ、わかりましたよ……」

ガッくんに加えてレイニまで賛成に回ると、流石《さすが》に旗色が悪いと感じたのかナヴルくんは渋々といった様子で了承をしてくれた。

「それでは私たちも、今回の視察で不足しそうなものを補充してこようと思います」

「イリアとレイニで？」

「はい。そこまで荷物にはならないと思いますので、私たちだけで行ってきますね」

後は言わなくてもわかりますよね？　と言わんばかりの目でイリアに見つめられたので私は苦笑してしまう。ちょっぴり公私混同なのはイリアも同じらしい。必死に動揺を取り繕おうとしてソワソワしているのを隠しきれてないレイニが何とも微笑《ほほえ》ましい。

そうして、私たちは視察を兼ねたお忍びでベルヴェッタの街に繰り出すことになった。

今回の服装テーマはずばり、お忍びで出てきた旅の途中のお嬢様。正直、どんなに平民の格好をしようとユフィの美貌は目を惹《ひ》く。私たちの正体に気付く人もいるだろう。

勿論《もちろん》、商人たちはそういったお忍びのお客様には慣れているし、隠している正体に触れると、最悪面倒なことに巻き込まれるリスクがあることを理解している。

それなら、もういっそそれでいこう、という話になった。王都でのお忍びだったらもうちょっと気軽なお忍びで行けるのだろうけれど、ここは東部だからね。敢《あ》えて触れないようにとアピールした方が察しやすくなるという考えだ。

ユフィはお忍びで来たお嬢様風のコーディネイトで、イリアが選んでくれたものだ。顔は敢えて隠していない。東部でユフィの顔を知っている人も少ないだろうし、それこそどこかのお嬢様がお忍びをしていると思ってくれるかもしれない。

そして私は、お忍びのお嬢様のお付きとして付いて来た侍女風の格好だ。

ふふん、こういう格好をしていてもユフィの方が身分が上になったから怒られないもんね！　ユフィがもの凄く微妙そうな顔をしていたのは見なかったことにしたけれど！

「如何《いかが》ですか？　お嬢様」

「……もの凄く違和感があります」

「こんなに胡散臭《うさんくさ》い従者、いると思います？」

「私は……発言を控えます」

「ちょっと貴方《あなた》たち」

尋ねる私にハルフィスは言葉を濁したし、イリアがはっきりと胡散臭いと言い放ってくるし、レイニに至ってはコメントすらくれない始末だ。

そんな話もあったりしたけれど、私たちは街に繰り出す。ちらりと私たちに視線を向ける通行人がいたりするけれど、すぐに興味を失ったように去っていく。

街で貴族っぽいような人が歩いていたら、普通の平民だったら避けて通るものだ。誰だって面倒事には巻き込まれたくないのだから。

「……王都の城下町とは空気がまた違いますね」

「そうだね。王都はやっぱり国の中心だから。西部には王都よりも華やかな都市があったりするけれど、それでも歴史を感じさせてくれるのは王都が一番だ」

「そういうものですか。それでも活気に溢《あふ》れていて、人も多いように感じますね」

「ベルヴェッタは東部では一番栄えている街だからね。王都まで出てくるのが難しい人は、大抵のものはここで揃《そろ》えて買っていく人が多いよ。出稼ぎに出てくるとしてもここに来るんじゃないのかなぁ」

「成る程、ではここなら東部の空気に触れられそうですね」

言葉を交わしながら私はユフィと一緒に歩いていく。すると、ユフィが何かに気付いたように口を開いた。

「そういえば、随分と花が多いですね？」

「ベルヴェッタは花の名所でもあって、色んな花を育ててるんだよ。開花が盛んな時期に来ると色取り取りの花が咲いてて綺麗《きれい》なんだ。王都でも景観のために花は育てられてるけれど、こっちの方が盛んだね」

「成る程……」

興味深そうに頷《うなず》くユフィ。それに私は笑みを浮かべてしまう。

そんな中で、たまに振り返ってみるとガッくん、ナヴルくん、ハルフィスの三人も何か言葉を交わしながら歩いているのが見える。

（注意を払ってない訳じゃないけれど、邪魔しないようにしてる気遣いは感じる……）

そんな気配を感じながら視線を前に戻して、隣を歩いているユフィを見る。手を伸ばせばユフィの手に届きそうな距離だ。ついもどかしさを感じてしまう。

（うー……三人が見ている中で手を繋《つな》ぐのはちょっと恥ずかしいけど、でもユフィと手を繋いで歩きたい。でも変に見られるかな、一応お忍びという名目だし、目立つような真似《まね》は避けた方が良《い》いだろうし、やっぱり考えなかったことにして……）

「アニス？」

「ひやぁ!?」

思考に没頭していると、ユフィが覗《のぞ》き込むように私の顔を見つめていた。

突然迫った距離に仰《の》け反るようにして離れてしまう。突然のことに心臓がバクバクとしている。あぁ、驚いた。

「どうかしましたか？」

「いや、ちょっと、邪《よこしま》な考えが……頭を冷やすから待って……」

「邪……？　何を誤魔化そうとしてるんですか？」

ジト目でユフィが私を見つめてくる。今にも詰め寄ってきそうで困ってしまう。

「いや、その、本当にどうかしてるというか、何でもないというか」

「アニス。ちゃんと、ハッキリ言ってくださいね？」

ニコッ、と笑みを浮かべてユフィが言った。けれど、その目は一切笑っていない。

「アニスがそう言って言い淀《よど》む時は何かを我慢しているか、言い出しにくいことを隠そうとしている時ですからね」

「……そんなこと、ないよ？」

「いいから、言ってください。さぁ」

これは言い逃れが出来なそうだ。最後の抵抗としてユフィを上目遣いで睨んでみるも、ピクリともその笑顔が揺らがなかった。

「……あの、ね」

「はい」

「ユフィと、その、手を繋げたらなって……」

「……手を？」

「こ、恋人らしいことをしたいなぁ！　って……思った、だけです……」

今、口から火が出せるのじゃないだろうか。それぐらい頬が熱くて、目を逸《そ》らしてしまいたい。

すると、ユフィはキョトンとした後、何か納得したように笑みを浮かべた。

「では、お手をどうぞ。アニス？」

「いや、あの、でも、ほら！　周りから注目を浴びるかもしれないから、それってお忍びとしてどうなのかなって……」

「その時はその時としましょう。私が優先するのは貴方の願いを叶《かな》えることですから」

ユフィは楽しそうにクスクスと笑って、私の手を取った。少し引っ張り寄せられるようにユフィの方へと近づいてしまう。

「これで良いですか？　アニス」

「……はい」

今にも消え入りそうな声で返事すると、ユフィがクスクスと笑い出す。

「成る程、こういうのは悪くありませんね。それに恋人らしいこと、ですか。他にはどんなことをすると恋人らしいんでしょうか？　アニス」

「な、なんでそんなことを聞きたがるの？」

「私としたいんですよね？　恋人らしいこと。私もアニスとしたいです。貴方がそれで私を恋人だと意識してくれるなら願ったり叶ったりですから」

「どうしてそんな楽しそうに、しかも嬉《うれ》しそうに言うのかなぁ！」

だめだ、これは悪いユフィだ！　すっかり調子に乗り始めている！

「恋い慕っている人にそう思われるのは嬉しいじゃないですか。もしかして、今まで満足してなかったんですか？」

「満足というか、だって、ユフィは政務で忙しいし。一緒にいてもお茶を飲んだり、い、一緒に寝たりとか、そういうことしかしてこなかったし……」

「……それは私が至りませんでしたね。そうですね、もっとアニスとの時間を作るべきでしたか。アニスは与えれば与えるほど逃げる人だというのを忘れていました」

「べ、別に逃げないけど？」

「本当に？　前科がありませんでしたか？」

「あれは状況が悪かっただけでしょー！　もう、出来るならもっといっぱいユフィと恋人らしいことをしたいって！　でもワガママにはなりたくないの！」

「義母上《ははうえ》が聞いたら、大人になったと喜ばれるか、それともそんなワガママも言えない子に育ててしまったんだと嘆くか……さて、どちらだと思います？」

「ユフィのそういうところ、本当に性格が悪いなって思うんだけど⁉」

「どういうところでしょうか。私がわかるように具体的に説明してくれないとわかりませんね？」

「どうせ言ってもわからない振りするでしょう？」

「正解です」

むきーっ！　そういう風にわかったような態度を取るのだから、この子は！

「ふふ、ごめんなさいアニス。機嫌を直してください」

「意地悪なユフィなんて嫌いだ……！」

「優しくしてますよ？　ちゃんとアニスが甘えられるようにしてあげてるだけです」

「ぐ、ぐぐう……！」

心底楽しげなユフィに私は羞恥心に震えながら睨《にら》み付けることしか出来ない。

すると、ユフィは何を思ったのか軽く振り返ってから小さく呟《つぶや》いた。

「……成る程、少し気になってしまいますね」

「……何が？」

「人の目が、ですよ。仕方ないとはいえ、護衛がつかないといけない立場ですから」

ユフィが繋いだ手を引き寄せるように私との距離を近づけて、からかうような甘い声で耳元に囁《ささや》いてくる。

「可愛《かわい》いアニスの表情を独占出来ないのが残念です」

「ばっ……！　なっ、に、言って……！」

「ダメですよ、そんな可愛い顔ばっかしてたら。──虐《いじ》めたくなるじゃないですか」

「い、今、虐めたくなるって言った！　ちゃんと聞いたからね、この意地悪！」

「気のせいじゃないですか？　ほら、行きましょうか、アニス」

クスクスと楽しそうに笑うユフィが妬ましい。いつからこんな小悪魔になってしまったのだろうか！

頬の熱が引きそうになくて、顔が上げられない。それでも繋いだ手を離すことが出来ずに私はユフィに手を引かれるまま、街を歩くしかなかったのだった。

＊　＊　＊

ベルヴェッタの街でのお忍びは楽しい一時だった。

多種多様な花、その花を用いた染料などもベルヴェッタでは有名だ。そのお陰で色鮮やかな糸が揃い、刺繍《ししゅう》が盛んで色々な商品が置かれていた。

ユフィも気に入った糸や刺繍の作品を購入していた。もしユフィが東部の刺繍について話題に触れるようなことがあれば、更に注目が集まるかもしれない。

そして、ベルヴェッタの街の名物と言えばもう一つある。それが今、私たちの目の前に広がっている光景だった。

「ベルヴェッタの名物、名産を利用した花風呂《ぶろ》だよ！」

貸し切りで私とユフィだけの入浴。とても立派な湯船に浮かんでいるのは色鮮やかな花。赤や白、ピンクといった花が浮かんでいる光景は華やかというのに相応《ふさわ》しい。

立ち上る湯気には花の香りが移ったかのようで、とても良い香りがする。そんな空気を軽く吸い込んだユフィは、ほぅと息を零《こぼ》していた。

「良い香りですね。この香りを楽しみながらお風呂を楽しめるのはちょっとした贅沢《ぜいたく》だと思います」

「これを目当てに来るって人も少なからずいるって話だからね。貴族というよりは、裕福な庶民の文化かな」

「そうなのですか？　義母上も花風呂は好んでいた筈《はず》でしたが……」

「えっ、そうなんだ？」

ユフィに言われて少し驚いてしまった。そっか、母上も花風呂が好きだったんだ。

私は母上のプライベートをちゃんと知らないんだな。そもそも、母上は外交に出ていて忙しかったし、戻って来たとしても私は離宮にいるから生活範囲までは被《かぶ》らない。自然と知る機会が減っていたんだな。

……視察から戻ったら、母上にも花風呂の話とか振ってみようかな。

「アニス、背中を流しますよ」

「じゃあ、私もユフィの背中を流すね」

「はい、お願いしますね」

そうして私たちは互いに髪と背中を洗い合ってから、花風呂へと入った。

湯気からも香りを感じていたけれど、実際に湯に浸《つ》かっているともっと花の香りが濃くなったように思える。丁度良いお湯の温度もあって、大きく息を吐いてしまう。

「気持ちいい……」

「ええ、良いお湯ですね」

しっかり肩まで浸かっている私に対して、ユフィはまだ腰を沈めた程度だった。

ユフィが好むお風呂の温度はもうちょっと低めだから、少し慣らす必要があるんだろう。

それから少しの間、お互いにお湯を堪能《たんのう》する。ユフィも慣らすのを終えて、私の隣に肩まで浸かった。

「ぁー……」

「ふふっ。なんですか、その声」

「気が抜けるんだよー……」

「本当にお風呂が好きですよね、アニスは」

「魔道具で簡単にお風呂に入れるようにする程度には大好きだよ。そうだ、魔道具の普及が始まったらお風呂に使ってる魔道具をここで使って貰《もら》えたら集客に繋《つな》がるかも！」

「それは良い考えですね」

ユフィと会話を楽しみながらお風呂を満喫する。ふと、風呂に浮かんでいる花の一つに目をつけて、私は引き寄せるように手に取った。

その手に取った花をユフィの方へと向けて翳《かざ》す。それをユフィは不思議そうに見た。

「どうかしましたか？」

「この花、ユフィの目の色に似てるなって」

ユフィの薔薇色《ばらいろ》の瞳と同じような色の花、それをユフィと見比べながら私は笑う。

ユフィはキョトンと目を丸くした後、私が手に取った花をまじまじと見つめた。それから力を抜いたように笑みを浮かべて、その花を手に取った。

「これがアニスから見た私の瞳の色ですか」

「うん、可愛い色だよね」

「可愛いですか？」

ユフィが笑みを浮かべたまま、私との距離を詰めてきた。ユフィの薔薇色の瞳と視線が合って、なんだか目を逸らせない。

そのままユフィは私の手を摑《つか》み、引き寄せるようにして腰に手を伸ばしてきた。密着するほどに距離を詰められて、互いの吐息が重なる。

「ユ、ユフィ、も、もう、なに⁉」

「答えてくれないんですか？」

「何を⁉」

「可愛いですか？」

軽く小首を傾《かし》げながらユフィが問いかけてきた。濡《ぬ》れた髪は湯に浸からないように纏《まと》められていて、ユフィの首筋のラインがはっきりと見えてしまう。湯で温められているから、その頰はほんのり紅《あか》い。

僅かに細めた目が潤んだように見えて、更に目を逸らせなくなってしまう。心臓が飛び出してしまいそうな程に高鳴っていて、お湯に浸かっているのとは別の意味でのぼせてしまいそうな気分になる。

「アニス？」

「……ッ、この、意地悪……！」

「答えてくれないアニスの方が意地悪ですよね？」

するりと近づいて来て、私が何かを言う前にユフィが私の唇を塞いだ。

お湯の中で密着しているせいか、触れ合う唇がいつもより熱く感じてしまう。その隙を突いて、ユフィが一段と深くキスしようとしたので軽く反撃してお返しをする。

「ここ！　お風呂！」

「……はい」

ぺろ、と舌を出して悪気が一切ない表情で澄ましてみせるユフィが憎たらしい。もっと強く噛《か》んでやるべきだった……！

口付けは止《や》めたけれど、私を抱きかかえるようにユフィは密着する。逃がさないと言わんばかりに腰に回された手や、押し付けてくる胸の感触に口付けの余韻が再燃させられてしまいそうになる。

「……近い！」

「そうでしょうか？」

「近いから！　あと手の動き！　脚を絡《から》ませない！」

それからお風呂でイチャついてしまったんだけど、長風呂になったせいでユフィが本当にのぼせてしまった。

慌てお風呂を上がらせたけれど、ぐったりと起き上がれないままのユフィが切なそうに呟く。

「……アニス、気持ち悪いです」

「自業自得《じごうじとく》！」

「……はい」

……まぁ、視察の途中で体調を崩されても困るから看病してあげたけれど、これに懲りたら少し反省するように！

4章　天に吼《ほ》える雷鳴

視察の旅程は順調に消化されていく。休憩を十分取りながらも楽しく移動していた。

旅の途中で立ち寄った東部の街は街と呼べる規模で、人の行き来も多くて市場も活気に満ちていた。流石《さすが》に王都に比べれば小さな規模だったけれども。

そんな景色も東へと進むと共になくなっていく。逆に増えていくのは平原と小さな森、そして多くの畑で、ガッくんが言うような田舎の景色が続くようになってきた。

そんな中で訪れたのは、パーシモン子爵が治める領地だ。

パーシモン子爵領は東部でも東よりの領土を持つ貴族であり、ガッくんの実家であるランプ男爵領のご近所さんにあたる領地だ。

その領地は東部で見てきた領地の中で最も印象深かった。

畑の実りに乏しくて、作業に出ている人もまばらだ。作業している人もご年配か子供と極端で、若者の姿がほとんど見えない。多くの家も傷んで補修が追い付いていない様子で、領主の館ですら手入れが十分ではないのか寂れた印象を受けてしまう。

「……噂《うわさ》には聞いてたけど、ここまで酷《ひど》かったのか」

周囲の状況を確認してから、ガッくんは小さく呟《つぶや》きを零した。他の皆《みんな》も何とも言えないような表情を浮かべてしまっている。

パーシモン子爵領が今回の視察先に選ばれたのは魔物の襲撃による被害を受けていたからだ。その規模からパーシモン子爵はスタンピードであると判断し、すぐに近隣の領地へ応援と資金の援助を要請していた。

流石にドラゴンが出現した時ほどの規模ではなく、パーシモン子爵の判断の速さ、近隣の領地からの支援が間に合ったことでスタンピードは無事に収束させることが出来た。

けれど、その被害は大きかった。パーシモン子爵が率いた自身の騎士団、そして派遣された騎士団にも多数の犠牲者が出てしまい、遺族の補償などに借金を抱えてしまう。

更には駄目押しの天災が発生して農作物に大打撃を受けてしまい、領民を食べさせていくための食料などの買い付けを行うために更に借金が膨れ上がってしまった。

ユフィは実際に領地の状況を自分の目で確かめたいと主張し、今回の視察に予定が組み込まれた、というのがパーシモン子爵領を訪れた経緯である。

ちらりとユフィの様子を窺《うかが》うように見てみるけれど、引き締めた表情のまま周囲を見つめている。その様子からして、この状況に対して思うことがあるのだろう。

そんな事を思っていると、領主の館から従者たちを引き連れてパーシモン子爵と思われる男性が屋敷から出てきた。目の下には隠しきれないクマがあり、顔が窶《やつ》れている。疲労を隠しきれない彼は深々と丁重に頭を下げた。

「ようこそおいで下さいました、ユフィリア女王陛下、アニスフィア王姉殿下。満足の行く歓待が出来ず、恐縮でございます……」

「ご機嫌よう、パーシモン子爵。頭を上げてください、そして領地の状況は聞き及んでます。歓待については気にせずに」

「ご配慮、痛み入ります。こちらが私の娘、シャルネです」

パーシモン子爵がそう言うと、隣で質素なドレスに身を包んでいた少女が丁重な一礼をしてから顔を上げた。

髪の色は淡く金色がかった朱色、瞳の色は紫水晶のような瞳。その容姿は成人もまだと思われる程に幼い。

少女は明らかに緊張した様子で、表情もやや強張《こわば》っている。それでもしっかり挨拶しようと口を開いた。

「シャルネ・パーシモンです。お会い出来て光栄です、どうぞよろしくお願い致します」

「うん。よろしくね、シャルネ」

私はなるべくシャルネと名乗った少女が気負わないように笑みを浮かべてみせた。

私の笑みを見たシャルネは軽く目を丸くさせた後、表情を緩めて年相応の笑みを浮かべてくれたのだった。

＊　＊　＊

シャルネに客室へと案内された後、顔合わせも兼ねて夕食をパーシモン子爵家のご家族と一緒に頂くことになった。

パーシモン子爵家は四人家族で、そこで子爵夫人とシャルネの弟と顔合わせをした。

弟さんは物心がついたばかりといった程の年齢で、夫人と手を繋ぎながら緊張気味に挨拶をしていた。そんな幼い弟さんを気にしてか、夫人は夕食が終わればすぐに弟さんと下がっていった。

「申し訳ありません、質素な夕食でして……」

「構いません。大変美味でした、腕の良い料理人を雇っているのですね」

パーシモン子爵は質素な夕食について気にしていたようだったけれど、ユフィの言うように美味《おい》しかった。今出来る中で最大限の努力をしてくれたのだろう。

精霊契約者になってから食に対して関心の薄れているユフィも食事が進んでいた。パーシモン子爵が気負わないための気遣いかもしれないけれど、手は止まっていなかったので口に合っていたんだと思う。

そんなユフィの反応にパーシモン子爵は胸を撫《な》で下ろしていた。その隣ではシャルネも同じように安堵《あんど》の息を吐《つ》いている。

「それでパーシモン子爵。まず貴方《あなた》の口から領内の状況についてお話を聞かせて頂きたいのですが」

一息吐いた後、ユフィがそう話を切り出したところで緊張感が戻ってきた。

話を振られたパーシモン子爵は表情を引き締め、悲壮な決意を感じさせながら重い口を開いた。

「はっきり申し上げるなら、状況は芳《かんば》しくはございません。スタンピードに加えて、天災が重なったことで領内の備蓄は底が見えておりまして……」

「そうですか……来年の収入に回復の見込みはありますか？」

「今年を凌《しの》げても、来年はわかりません。出稼ぎで領内を出て行った若者も多く、彼等《かれら》が戻るかどうかが分かれ道となるでしょう」

「それでパーシモン子爵は、爵位の返上も考えておられるということなのですね？」

そこまで話が進んでいたのか、と私は少し驚いてユフィに視線を向けてしまった。

でも、パーシモン子爵がそう考えてしまうのも仕方ないかもしれない。

若者は働き手であるし、子をなせば領民が増えることに繋《つな》がる。だからこそ若者たちが領外に出て行ってしまうというのはなかなか大きな問題だ。領民が減る一方の領地など、廃れてしまっても仕方ない。

その原因がパーシモン子爵の失策という訳ではなく、どうにもならない不運に見舞われた結果だというのなら口惜《くや》しくて仕方がないだろう。

自分では領地を立て直せないかもしれないと考えた時に、それを隠して誤魔化す訳でもなく、すぐ国に返上しようと考えていた。

その判断は難しかっただろう。それでも判断を下すことが出来たのはパーシモン子爵が非凡な人であることを示しているように思える。

このまま領地を返上させるには惜しい人だと思いながらユフィを見ると、ユフィもわかっているというように頷《うなず》いた。そしてユフィはパーシモン子爵へと話しかける。

「パーシモン子爵、貴方が領地をどれだけ思い、胸を痛めてきたのか察するに余りあります。それ故に爵位と領地の返上という道を考えているのも理解出来ます。ですが、どうか思い留《とど》まって頂きたいと私は思っています」

「ユフィリア女王陛下……」

「私の即位までの道のりは既に耳にしているかと思いますが、今、私はこの国に新しい風を取り入れたいと考えています。それがアニスが提唱する魔学と魔道具です。この二つの内、魔道具は普及すれば平民の生活を一変させるだけの可能性を秘めています」

「それは……風の噂程度とはいえども私も聞き及んでおります」

「ですが、魔道具を普及させるにあたって乗り越えなければならない問題があります。その解決の鍵は東部にあると考えています」

「魔道具普及のための鍵が、この東部に……」

いまいち現実味がないというようにパーシモン子爵は呟いた。そんなパーシモン子爵にユフィは更に続けて言った。

「その鍵は未《いま》だ手がつけられていない精霊資源です。最大の採掘地である北部の黒の森と条件が近しい地が東部にはあります。このパーシモン子爵領も候補の一つです」

「はぁ……あ、いや、成る程……？　それは、つまり……？」

釈然としていなかったパーシモン子爵がようやく理解が追い付いてきたのか、その表情を驚きに染めてユフィを見返す。

パーシモン子爵の反応を見たユフィは頷いてから微笑を浮かべた。

「今後、東部の開拓は急務となります。そして私は一人でも多くの有能な臣下を求めています。パーシモン子爵、私は貴方にはまだ忠誠を捧《ささ》げて頂きたく思っています」

「……ッ、で、ですが、今のままでは領地の立て直しも難しく……」

「今年は凌げる、とパーシモン子爵は言いました。来年はわからないとも。ならば、貴方が今年を乗り切ると約束してくださるなら、私は来年の貴方たちが富み栄える機会を与えてみせましょう」

　ユフィは力強くそう宣言した。パーシモン子爵はユフィを見つめながら、その目に涙を滲《にじ》ませていく。その隣に座っているシャルネも感極まったように口元を押さえている。

「この領地が資源採掘地になれるようにこちらからも働きかけます。今一度、私に、そしてこれからの国に忠誠を捧げてくれますか？」

「……はいっ！　必ずや保たせてみせます。我が家の名に誓って、これからも愛すべき国と女王陛下に変わらぬ忠誠を」

　パーシモン子爵が席を立ち、心からの一礼をユフィへと捧げる。一拍遅れてシャルネも席を立って、涙を流しながらも一礼してみせた。

　そんな二人に微笑《ほほえ》みかけて、ユフィは言葉を続けた。

「それでは、もう少々打ち合わせを致しましょう。この領地の未来について」

パーシモン子爵との今後に向けての話し合いが終わった後、良《い》い時間になったので解散の流れとなった。

＊＊＊

夜も深まり、灯《あか》りを落とした客室のベッドで私とユフィは並んで寝転がっていた。話題となるのは当然、パーシモン子爵についてだった。

「パーシモン子爵、今後も期待したい人だったね」

「誠実で堅実、慎重すぎる気はしますが、信頼出来そうなお人柄でした」

「あとは領地を立て直せると良いんだけどね……」

「救済案については候補が幾つかあるので、もう少し現地での話を聞いてどの案を施行するか決めたいと思います」

「ユフィが考えてくれるなら大丈夫かな。私に出来ることがあれば言ってね」

「その信頼を裏切らないように頑張ります。……といっても、今の私たちがあるのはアニスのお陰ですけどね」

「私の？」

「ええ。アニスがいなければ今、こうなっていなかったと思います」

私はユフィの方へと身体《からだ》を向けながら問いかける。ユフィも同じように私の方へと身体の向きを変えながら向き合う。

「たとえばエアバイクです。今回のパーシモン子爵領のように突発的な魔物の大量発生が起きてもエアバイクが一台でも支給されていれば連絡を回せます」

「元々、そういう使い方は考えていたもんね」

「エアバイクの他にも、アニスが開発した魔道具には様々な可能性が秘められています。そしてそれを活《い》かせる場面は多いでしょう。だからこそ魔道具は人に求められます。求められるとわかっているからこそ、パーシモン子爵にもあのように提案出来たのです」

「……そう言われるとくすぐったいな」

少し気恥ずかしくて身動《みじろ》ぎをしてしまう。するとユフィの手が伸びて、私の頰を撫でるように触れてくる。

「まだ賞賛には慣れませんか？」

「……慣れないかな。今までが今までだったし。すぐには切り替えられないよ」

「それでも慣れて頂かないと、私も困ってしまいますよ」

「うーん、善処はするよ」

「義母上《ははうえ》が、それはアニスがやらない時によく使う言い訳だと言っていましたが？」

「もーっ、皆《みんな》これぐらい言うでしょー！　母上は私に厳しすぎるんだよー！」

拗《す》ねたように母上への不満を零《こぼ》すと、ユフィがおかしそうにクスクスと笑った。

「義母上はアニスが心配なんですよ」

「それは、わかってるけどさ……だって厳しいんだもん……」

「私から見れば随分と厳しさが抜けた気がしますが？」

「えぇ……？　そんなの嘘《うそ》だよ……私の顔を見るなり目が吊《つ》り上がってるよ……」

「アニスは特別なのかもしれませんね」

「お説教されまくる特別なんて要らない……」

「それなら私からも言っておきましょうか？　このままだとアニスに嫌われますよ？　と言えば少しは態度を丸くしてくれるでしょう」

「……別に嫌いにはならないけど」

私に厳しいのは母上なりの愛情だというのはわかっている。それに今の母上に私が嫌いって言ってもどんな反応されるのか想像出来ない。父上が相手だったら拳骨《げんこつ》が飛んでくるのは簡単に想像出来るんだけれど。

「私が言うのも何ですが、アニスはもっと義母上と話をするべきだと思いますよ」

「……説教がなければ、幾らでも話すけど」

「アニスから話しかければ良いんですよ。会話の主導権を義母上に握らせるから説教してしまうのでしょうし」

「……何を話せば良いのかわかんないよ」

言ってから改めて気付いたけれど、自分から母上に話しかけるなんてそんなにしてこなかったんだな。

母上だって私との会話に困るのは当然だ。だから私の振る舞いについて目についてしまうのかもしれない。

今まではそれで良かったかもしれないけれど、流石《さすが》にこれからは改善したい。私だって母上を怒らせてばっかでいたい訳ではないし。

「それこそ義母上が東部出身なら、帰った後に色々とお話も聞けるのではないですか？　相談ということで話を持ちかけてみてはどうでしょうか？」

「……そうだね。母上と父上の馴《な》れ初《そ》めとか気になるし、聞いてみようと思う」

「ええ、きっと義母上も喜ぶと思いますよ」

そう言いながら笑うユフィは微笑ましそうで、なんとも落ち着かない。

けれど、ふとなんとなくユフィの笑みに違和感があることに気付いた。おや？　と思いながらユフィの顔をジッと見つめていると、ユフィが少し眉間に皺《しわ》を寄せた。

「……そんなに見つめられると困ります」

「どうして？」

「……私だって反省はします。だから、少し控えようとは思ってたのですが」

「あ、もしかしてお腹空《なかす》いた？　魔力は足りてる？」

「十分頂いてますから、魔力は問題ありません。ただ……」

「……ただ？」

そこでユフィは口を閉ざして、口元をもごもごさせるだけだった。

ユフィの言葉を待ってジッと見つめていたけれど、耐えかねたように目を逸《そ》らされた。

「ユフィ？」

「……理由もなく触れたら怒りませんか？」

「はい？」

「…………」

「あの、ユフィ？」

「もう、いいです」

私が呆気《あっけ》に取られてユフィをまじまじと見ていると、拗ねたように顔まで背けられた。

は？　その反応は可愛《かわい》いんですけれど。思わず笑い声が零れてしまった。

「ユフィったら、可愛いねぇ」

「……笑わないでください」

「ベルヴェッタの時は積極的だったのにね」

「……のぼせましたから反省しました」

「反省ねぇ……」

　ユフィの反応が可愛くて、私はまた吹き出してしまった。いっそのこと、お腹を抱えて笑ってしまいたい。

　でも、そんなことをしたらユフィにどんな目にあわされるかわからない。必死に笑うのを堪《こら》えつつ、ユフィの頬に向けて手を伸ばす。

「触れたいから、は理由にしちゃダメなの？」

「……それだけで触れてたら、キリがなくなりそうなので」

「そうだねぇ」

　私はユフィの頬に触れて、そのまま指を滑らせるように撫《な》でる。

「でも私は、触れたいなって思ったら触っちゃうよ」

「……アニスは狡《ずる》いです」

「そう？」

「貴方《あなた》は簡単に私を幸せにするから。幸せになりすぎたら、ダメになるんですよ……」

「お手軽な幸せだなぁ」

最近、何かと加減がなくなっていたのは甘えていたからなのかもしれない。

今は視察の途中で、離宮の外にいるから女王としての面目は保たなきゃいけないと自分を律している。でも、二人っきりになると自分が抑えられない。

もしそうだとしたら、この子はなんて可愛いのだろうと愛《いと》おしさが込み上げてくる。

「理由があっても、理由がなくても触れていいんだよ。ユフィならいつでも」

「……アニスが恥ずかしがっても？」

「……やっぱり、ちょっとは加減してください」

少しユフィの目付きが危なかったので、思わず日和《ひよ》ってしまった。

するとユフィが身を寄せるように近づいて、私を抱き寄せるように抱き締める。そのまま私の首元に顔を埋《うず》めるように身を丸めてしまった。

「甘やかしてくれるアニスが好きですけど、ダメな時は叱ってくださいね。アニスに関しては私も加減が出来てるのかわからないので……」

「甘えてくれるユフィが好きだよ。だから受け止められる範囲で頑張るね」

まだ恥ずかしくて、時にはいっぱいいっぱいになってしまうこともあるけれど。

それでもユフィを心から甘やかしたいって思う。理由というか、免罪符がなければ途端に甘え下手になってしまう不器用で一生懸命なユフィが心から愛おしいから。

あやすように背中を叩《たた》いてあげると、私の首元に顔を埋めたユフィが唇を寄せた。私の肌の上を滑るように唇が触れて、その感触がくすぐったくて身を軽く捩《よじ》らせてしまう。

「……無防備すぎます」

「ユフィの前だけだよ」

「……甘いです。アニスはもっと警戒心を持ってください」

「そんな鈍いつもりはないよ。ユフィには痛い目に遭わされてるからね。それでもユフィならいいかな、って思うけど」

「……そういうことを言うからですよ」

ふて腐れたようにそう言ってから、かぷかぷと甘噛《あまが》みを始めたユフィ。

この甘噛みは最近になって覚えたのか、それとも自然と身についたのか、よくするようになった。

ユフィの可愛らしい抗議を受けながら私は笑みを深めていくのだった。

＊＊＊

「んー、天気は快晴。今日は実に良い探索日和だね」

「なんすか、探索日和って」

両手を伸ばしながら大きく息を吸っていると、ガッくんがツッコミを入れてきた。

パーシモン子爵領に訪れてから数日後、私たちは森の中にいた。私たちがいるこの森は領民たちが狩り場としている場所だ。

この森を訪れた理由は、スタンピード後の調査と資源地としての下見だ。

スタンピードが起きた以上、何か原因がある筈《はず》だ。その原因も人手不足で調査も出来ていないらしい。

そのまま調査と言うと、パーシモン子爵も快諾してくれないと思っていたから精霊資源の採掘地の下見という建前を用意して許可を貰《もら》った訳だ。

森の調査にやってきたのは私、ユフィ、護衛にガッくんとナヴルくん。そして案内役としてシャルネに同行して貰った。

レイニ、イリア、ハルフィスはパーシモン子爵の屋敷に残って仕事の手伝いを申し出ていた。私たちの面倒を見るのが仕事だから、屋敷を手伝うのもその一環だということで。

私たちの気遣いにパーシモン子爵は申し訳なさそうにしていたけれど、今が大変な時期なのだから少しぐらい手助けさせて欲しいだけなのだけれどね。

「今日はお天気が良くて良かったですね、見回りがしやすくて」

　そう言って笑うシャルネは貴族の令嬢というよりは、一端《いっぱし》の冒険者と言うべき格好だ。腰には短杖《たんじょう》と短剣、そして背中には弓矢を背負っている。

　森を歩くのも慣れた足取りだ。それを見てナヴルくんが感心したように言った。

「パーシモン子爵令嬢は慣れた様子だな」

「ええ、昔からよく森に入っていましたので」

「森に入ることを、パーシモン子爵は反対しないのか？」

「私は狩りが好きなんです。それに森の見回りは領地を管理する上で大事なお仕事ですから、父の代役でもあります。これでも弓は得意なんですよ」

「成る程ね。狩りかぁ、俺も親父《おやじ》によく連れていかれたもんだ」

　ガッくんが陽気な調子でシャルネへと声をかけて、シャルネも気楽に接している。

　同じ東部の出身ということで話が合うのかもしれない。そこに東部出身ではあるけれど、王都の生活の方に馴染《なじ》みがあるナヴルくんが興味深そうに話に交じっている。

　そんな三人の様子を微笑《ほほえ》ましく見守りつつ、私は森の様子を窺《うかが》う。ジッと森の中を見つめていると、ユフィが私の側《そば》まで寄ってきた。

「もう少し奥まで進んで、森の様子を窺ってみましょう」

「そうだね。そうした方がいいかな」

それから暫《しばら》く私たちは森の中を歩き回って、どんどんと奥に入っていく。道中でシャルネが弓で野鳥を仕留めたり、ガッくんとナヴルくんがその野鳥を解体したりしている。

子爵領全体で考えればささやかな量ではあるけれど、それでも大事な糧《かて》だ。シャルネも私たちに新鮮で美味《おい》しいお肉を出せると喜んでいた。

シャルネたちが狩猟を通じて交流を深めている間、私は近くの木や地面に残された痕跡を確認していた。

「……アニス、どうですか?」

「森の中の痕跡を見るに、結構荒れた感じが残ってる。でも、それにしては森全体が静かすぎるような気がする。それがちょっと変というか、不気味かな……」

「不気味ですか……」

ユフィの質問に答えながら私は森を確認する。木についた爪痕、折れた枝、足跡などの痕跡はスタンピードの後だということを物語っていた。

その一方で、森の中はとても静かだ。森の恵みも必要以上に荒れたような形跡もなく、そこだけ見れば普通の森といった気配すらある。

だから明確に残った大量の痕跡と合わせて見ると、どうにも違和感を抱いてしまう。

「スタンピードの後は多少なりとも森の中が静かになるものではあるんだけど、この森は静かになりすぎてるような気がする」

「静かすぎるのが問題だと？」

「まず森の中で見かける魔物の数が少なすぎる。スタンピードは群れ同士の縄張り争いに負けた方の群れが流れ込んでくる場合と、群れすらも逃げ出すような大物が現れて追い立てられる場合がある」

私は指を二本立てながら、自分の思考を整理して言葉を続ける。

「もし魔物の群れが縄張り争いに負けただけなら、森の魔物の数は発生前と顔ぶれは変わっても数はそこまで大きく変化しない筈」

「単純に縄張りにしている魔物が入れ替わるだけだからですね？」

「うん。これが大物に追い立てられた場合だと一気に魔物の数が少なくなる傾向がある。そして狩りの獲物が減ったせいで大物の魔物が人里に侵入してくる二次被害が起きる可能性が跳ね上がるんだよね」

「その話を聞くとドラゴンを思い出してしまいますね……」

ユフィは難しげな表情を浮かべて呟《つぶや》くように言った。それに対して私も何とも言えない表情を浮かべてしまう。

「ドラゴンは極端ではあるのだけれど、理屈の上では同じだからね。それで話を戻すけれど、動物も植物も含めてこの森の恵みが荒らされたって感じがしないんだよ」

「森の恵みが荒らされていない、ですか」

「死骸もそんなに見かけてないしね。だから縄張り争いが激化してたって訳ではなさそう。だけど森に残された痕跡から見てもスタンピードが起きたのは間違いない」

「では、今回のスタンピードの発生は大物による可能性の方が大きいと？」

「それにしては魔物が減りすぎなような気もするんだよねぇ。仮に大物が現れてスタンピードが起きたとして、逃げた筈の魔物がここまで見つからないのは気になる。流石《さすが》に見かける魔物の数も死骸の数も少なすぎる」

　これが先程から私が頭を悩ませている理由だ。

　大物の出現によって魔物の群れが我先にと逃げ出してスタンピードが起きた。まずそこまでは良い。問題はその後の状況だ。

　この森は魔物の数が極端に減りすぎている。痕跡を見る限り、決して少ないとは言えない数の魔物がいた筈なのにだ。

「考えられるのは、もうほとんどの魔物が大物から逃げるために森を飛び出してしまっている可能性」

「……そんなことが起きうるとして、どういった理由が考えられますか？」

「スタンピードの原因となった大物は余程の大食漢で、その上で狩りの範囲がでたらめに広い場合かな。だから安全圏に逃げようとしたらこの森を捨てなければならない程だったとか」

「ですから森にも魔物が残っていない、という話になる訳ですか。狩りの範囲が広いのは厄介ですね……」

「これはちゃんと捜査しないとダメそうだね。ちゃんと原因を特定しておかないと」

「何か大物がやはり潜んでいると思いますか？」

「シャルネたちがたまたま遭遇しなかっただけで、今でも徘徊《はいかい》してるのかも」

「別の場所に行ったという可能性は？」

「それも有り得るけれど、それならスタンピードが別の場所で起きたと報告があってもおかしくない。一度、たらふく食べて満足して休んでるとかも考えられるかな」

現時点で推測出来るのは、スタンピードが起きたのは群れ同士の縄張り争いではなく、大物の出現によって魔物たちが一斉に逃げ出したため。

近場の森ですら安全圏ではないと飛び出した結果、パーシモン子爵領に被害が出た。

これが正しかった場合、この森は未《いま》だに大物の狩りの範囲内にあるということ。

「んー……これってもしかして、アレかな？」

「アレ？　アレとは何ですか？」

「前にもというか、このスタンピードの発生の仕方に類似例があったなって」

「それは一体──」

「──待って」

心当たりをユフィに話そうとしたその時、私は遠くから聞こえてきた音を捉えた。

「……来る」

「え？」

──私が呟くのと同時に、森の中に大きな遠吠《とおぼ》えが響き渡った。

その声の大きさと凶悪さにシャルネが小さな悲鳴を上げた程だ。

「な、何ですか⁉　今の遠吠えは⁉」

「魔物か⁉」

「ガッくん、ナヴルくん！　シャルネの護衛を任せた！」

「アニスフィア王姉殿下⁉」

私は腰に下げていたセレスティアルを抜いて音の方へと一歩前へ出る。

それと同時に森がざわめいた。何かが恐ろしい速度で森の中を疾走している。

そして、木々の枝すらも折る勢いで姿を現したのは巨大な狼《おおかみ》だ。その大きさは人の三倍から四倍ほどに大きい。

毛並みの色は黒灰色、真紅の瞳が爛々《らんらん》と輝きながら私たちを見つめていて、涎《よだれ》がこれでもかと言わんばかりに垂れている。

「こ、これはまさか……!?」

「嘘《うそ》……フェンリル……!?」

ナヴルくんが驚愕《きょうがく》の声を漏らし、シャルネは困惑と恐怖に震えた声を零《こぼ》しながら、そのままその場に尻餅をついている。

フェンリルは狼種の魔物が魔石持ちとなり、大物となった場合の暫定的な総称だ。

本来、魔石持ちとなった魔物は固有名をつけられる。魔石持ちの魔物は同種より強力であり、他の魔物と区別しておかないと危険だからだ。

けれど狼種の魔物はこの法則が適用されにくい。魔石持ちとなった狼種の魔物は行動範囲が広がる傾向があり、俊敏なこともあってか固有名を与えられる程の情報が集まらないことが多い。

とはいえ、放置は出来ない。だからこそ、その脅威を忘れないためにも魔石持ちと思われる狼種の魔物は〝フェンリル〟という通称で呼ばれるようになった訳だ。

もしフェンリルに固有に名前が付けられるとすれば、個体が識別出来る程の情報が集まり、その上で討伐に失敗してしまった場合だろう。

もし、そんなフェンリルが出たら凄腕《すごうで》の冒険者でも危機感を覚えることだろう。実際、〝初代〟であるフェンリルが齎《もたら》した被害はパレッティア王国の歴史の中でも悲惨を極めている。だからフェンリルは恐怖の代名詞になっている訳だ。

「へぇ、フェンリルかぁ。珍しいねぇ」

「成る程、これがフェンリルですか」

「あぁ、ユフィも知ってた？」

「はい、あくまで資料でだけですが」

「相手がフェンリルなら狩りの範囲が広いのも納得だし、周辺の魔物がこぞって逃げだしたのも納得出来るわ」

「ア、アニスフィア王姉殿下！　何を平然としているのですか！」

ナヴルくんが慌てた様子で後ろから叫んでいる。流石にこのフェンリルの相手をするにはガッくんやナヴルくんでは危なそうだ。

それにフェンリルが注目しているのは、どうにも私とユフィらしい。私たちを品定めするように見た後、笑うかのように牙を剝《む》いている。

「これ、私たちが獲物として狙われてるってことかな？」

「私は精霊契約者ですし、アニスはドラゴンの匂いでも嗅ぎつけられたのでは？」

「鼻が良さそうだもんね。まぁ、私としてもフェンリルなんて珍しい魔石持ちと遭遇する幸運に恵まれたとも言えるんだけど！」

「……はぁ、やっぱりそうなりますか」

「お二人とも！　聞いているのですか！」

「大丈夫、聞こえてるよ！　さっきも言ったけれど、ナヴルくんとガッくんはシャルネの護衛を任せるよ！　このフェンリルは私の獲物だ！」

私は久しぶりに感じる高揚感に笑みを浮かべる。それに合わせて背中が疼《うず》いて、刻印紋からドラゴンの魔力が引き摺《ず》り出される。

実はフェンリルと遭遇するのは初めてではなかったりする。

初めて遭遇した時は集団での討伐だったから分け前もちょっとしかなかったんだよ！

今回は一匹そのまま掻《か》っ攫《さら》っても良いんじゃないかな⁉

そう思うと笑みが止まらない。ここまで育った魔石持ちを見過ごしておけないというのもあるけれど、フェンリルだったらどんな魔石を得られるのか期待しちゃうなぁ！

「ユフィ、行けるよね？」

「はい、合わせます。ここでフェンリルを逃がす訳にもいきませんから」

「なら後ろは任せた！」

「任されました。どうぞ、前だけを向いてください」

私たちが戦闘態勢に入ったのを確認したように、フェンリルが毛を逆立てて口を大きく開いた。鼓膜が痺《しび》れてしまいそうな程の強烈な咆哮《ほうこう》が放たれ、風が荒れ狂う。

木々をへし折ってちょっとした空間を作ってしまう程の衝撃に吹き飛ばされないように踏み止《とど》まりながら私は笑みを深めた。

「躾《しつけ》がなってないワンちゃんだねぇ！」

風が緩んだ瞬間に合わせて、私は一歩大きく強く踏み込んだ。

一気に加速してフェンリルへと迫る。その速度にフェンリルも対応して、機先を制そうと口を大きく開いて向かってくる。

私は勢いを殺さないまま、セレスティアルを盾にするようにして牙に当てに行く。そのまま回転するように勢いをつけてフェンリルの横をすり抜けた。

フェンリルが着地するのと同時にセレスティアルに魔力を流し込む。

「まずはシンプルに！　ぶった斬る‼」

魔力を変換して刀身を形成、そのまま刃を伸ばしてフェンリルを薙《な》ぎ払おうとする。

しかし、フェンリルも突然伸びた刃に反応して回避する。しっかり首も逸《そ》らされたせいで牙すらも掠《かす》めることが出来なかった。

「惜しい！　牙の一つぐらい持って行けそうだったのに！」

このフェンリル、反応が良《い》い。私に対応してくるというだけで規格外だ。更には相手の方が巨体で速度も速い。

そしてお返しと言わんばかりにフェンリルが地を蹴って私に飛びかかってくる。

「グルゥアァッ！」

「なんの！　お手！　おかわり！　ついでに伏せ！」

今度は爪で引き裂こうと向かって来たフェンリルを細かくステップを踏みながら回避し、頭上を取って空中で身体《からだ》を回して踵《かかと》落としを叩《たた》き込む。

けれど思ったより毛皮が硬い。殺気を感じて身体がすぐに反応して、叩き付けた足を軸にしてフェンリルの背中を転がるようにして離れようとする。

「ガァッ‼」

着地の瞬間、フェンリルが吼《ほ》えた。同時に風が弾丸となって私に向かってくる。

咄嗟《とっさ》にセレスティアルを盾に防ぐも、衝撃で身体が後ろに吹っ飛ぶ。その勢いに逆らわずに着地して体勢を立て直す。

「やってくれたわね、この野郎！」

フェンリルの方が反応速度が速いせいで受け身になってしまうのが辛《つら》い。反応は出来ているけれど、もしも逃げられたら厄介だ。こいつをここで逃がす訳にはいかない。

「アニス、後ろへ！　走ってください！」

そこにユフィの声が耳に届く。確認するよりも先に後ろへ勢い良く飛んで、跳ねるように体勢を変えて後ろへ駆け出す。

「〝アースクェイク〟！」

ユフィがアルカンシェルを握りしめ、それを勢い良く大地に突き刺すのが尻目に見えた。

瞬間、大地が爆《は》ぜる。

大地が隆起して、フェンリルが先程薙ぎ倒した木々すらも吹き飛ばしていく。

隆起した大地から槍《やり》のように伸びた先端がフェンリルに迫るも、フェンリルは回避してそのままユフィの方へと向かおうとしている。

ユフィもそれに気付いて、すぐにフェンリルの進路を塞ぐように大地の槍が伸びる。

「〝エアハンマー〟！」

道を塞いだ大地ごとユフィがフェンリルに風の鎚《つち》を叩き付ける。土塊《つちくれ》ごとぶつけるような一撃は勢いこそ失っていたものの、フェンリルに土を被《かぶ》せるように降り注ぐ。

降り注いだ土砂にフェンリルが不愉快そうに身を捩《よじ》らせる。その間にもユフィは大地を蹴って上へと登っていく。そのまま宙で反転してアルカンシェルを振り抜く。

「〝ウォーターフォール〟！」

ユフィが空中から水を大量に呼び出してフェンリルに浴びせかける。既に崩れた地面が泥のように泥濘《ぬかる》んでいく。フェンリルが口を大きく開けて、呼吸を放つようにユフィへと風の弾丸を放つ。

それに対してユフィは空を駆けてみせた。足下に風を巻き起こして、風の弾丸を避けきった勢いを殺さぬままユフィが落下速度を速めながらフェンリルへと向かう。

「ここに狂乱の宴《うたげ》を。我が声を受け、荒れ狂え！　〝アイシクルストーム〟！」

まるで風と氷の精霊が狂喜するかのようにフェンリルを包み込む冷気の渦を生み出す。吹き荒れた冷気の渦はフェンリルの身体に含まれた水分、巻き上げた泥、その全てを身体に張り付けるように凍結させていく。

これは堪《たま》らないと言わんばかりにフェンリルが咆哮を上げて、冷気の渦から逃れようと走りだそうとする。

「行く先がわかってればぁッ‼」

「ッ⁉」

そこに私が回り込む。刃の形が三つ爪に変形した魔力刃《まりょくじん》がフェンリルの身体を引き裂いていく。回避しようと身を捩ったフェンリルの横腹を引き裂くように一撃が身体に刻まれる。

そして鮮血が舞った。擦れ違い様に引き裂いた傷にフェンリルが甲高い悲鳴を上げる。

よし！　重いの入った！　というかユフィも相変わらず無茶苦茶だね！　地形が変わってるんですけど！

「アニス！」

ユフィの警告が聞こえて、私はフェンリルを見る。そのまま向かってくるかと思えば、フェンリルは空に向かって吼えだした。

耳を震わせる程の咆哮につられて、周囲が暗くなっていく。頭上へと視線を向けると、光を遮っていた原因は雲だった。……雲？　こんな唐突に出てくる？

「やっば……！　ユフィ、下がって‼」

危険を感知して私は焦《あせ》ったように叫ぶ。そして私とユフィは同時にフェンリルから距離を取る。

次の瞬間、フェンリルの身体に向けて空から何かが降り注いだ。それは直視すれば目を焼いてしまいそうな程の光、そして鼓膜を震わす轟音《ごうおん》——つまりは雷だ！

「風だけじゃなくて、雷の属性の適性まで持ってたの⁉」

雷は風の亜種とされる属性だ。雷雲まで呼べるということは、このフェンリルの魔石は雷の属性も持っているということだ。

雷を受けたのにフェンリルはピンピンしている。それどころか自分で身体に雷を蓄えているようにも見える。恐らく、この為《ため》に雷を呼び込んだのだろう。帯電している為か、ぱちぱちと激しく音を鳴らしている。

そして、フェンリルは牙を剝いてきた。明らかに先ほどよりも力も速度も上がっていて、ギリギリで反応が追い付く程だ。

「雷でパワーアップって、なんてインチキ！」

セレスティアルを盾にして牙を受け止めるけれど、次の瞬間、身体に痺れが走った。

(こいつ、接触することで電撃を流してくる⁉)

無理矢理、雷を遮るために魔力を放出して対抗するけれど押し合いになってしまった。

このままだと、こちらの痺れが酷《ひど》くなって押し負けるかもしれない。

「なめ……るなぁッ‼」

咄嗟に魔力を全力でセレスティアルに叩き込む。私の意志を受けてセレスティアルの刃がどんどんと伸びていき、そのまま私の身体を宙に持ち上げる。

身体を上空へと運んで魔力刃を解除、そして落下が始まる。落下の先ではフェンリルが待ち構えるように牙を剝《む》いている。わかっていてこのまま落ちるもんか！

「ユフィ！　飛ばして！」

「ッ、〝エアハンマー〟！」

咄嗟にユフィに向けて叫ぶ。私の意図を悟ったようにユフィが私に風の鎚をぶつけた。セレスティアルを盾にして風の鎚を受け止めて、そのまま距離を取って着地する。勢いを殺しきれなくて顔を顰《しか》めてしまうけれど、全身が痺れるのよりマシ！

「アニス、大丈夫ですか！」

着地した私の側《そば》にすぐさまユフィが駆け寄ってくる。そのユフィに私は叫んだ。

「ユフィ、今の見た⁉」

「はい！　風、それから雷の属性持ちですね！」

「しかもフェンリルだよ⁉　その魔石なんてどれだけ価値があると思う⁉」

私が思わずそう言うと、ユフィがその場で転《こ》けそうな程に肩を落としてしまった。流石《さすが》に戦っている最中なので、そのまま崩れ落ちたりはしなかったけれど。

「やっぱりそれですか！　本当にどうしようもない人ですね！」

「ごめんねっ！　でも仕方ないよね！」

絶対にこのフェンリルの魔石は私が貰《もら》い受ける！　雷と風の二重属性であるフェンリルの魔石なんて研究し甲斐《がい》があるじゃない！

「ユフィ！　一気に決めたいから〝心臓〟を使うよ‼」

私はユフィへとそう宣言して、セレスティアルを構え直して意識を集中させる。

「起きなさいッ！　〝架空式・竜魔心臓《ドラゴン・ハート》〟！」

ドラゴンの魔力を直接身体に叩き込んで全身を満たしていく。そして全身を満たしても溢《あふ》れてくる力はセレスティアルへ。

魔力を注がれたセレスティアルの魔力刃に変化が起きて、その刃が結晶化していく。

私が一歩踏み出すのと同時にフェンリルも咆哮を上げながら踏み出す。雷を纏《まと》わせた爪の一撃が私を引き裂かんと迫ってくる。

私はそれに真っ向からセレスティアルを振り抜く。セレスティアルの刃とフェンリルの爪が交差して鮮血が舞った。

ぼとりと落ちたのは、フェンリルの爪先。斬り裂かれたフェンリルの手から血が溢れ、フェンリルが怯《ひる》んだような悲鳴を上げて蹈鞴《たたら》を踏む。

先程まで戦意に満ちていたフェンリルの瞳に怯《おび》えの色が混じる。しかし、それでもフェンリルは己を奮い立たせるように力強く吼えた。

「──逃げずに吼えたその誇り高さに、敬意を‼」

私を噛《か》み砕こうと開いた口。私は臆することなくセレスティアルの結晶化していた魔力の刃を解き放ち、一閃《いっせん》を放った。

私の放った一閃はフェンリルの進行を押し留《とど》め、そのまま吹き飛ばす。薙《な》ぎ倒していた木々を巻き込みながら、未《いま》だに倒れていない木にぶつかってフェンリルが止まる。

よろめくように立ち上がろうとしていたフェンリルだけれど、そのまま全身を震わせながら崩れ落ちた。巨体が倒れる衝撃が僅かに地を揺らし、静寂が訪れる。

フェンリルが動かなくなったのを確認して、私はゆっくりと息を吐いた。

ドラゴンの魔力を散らしてから私はセレスティアルへと視線を向ける。これだけの力を込めてもまったく壊れる気配もない頼もしい相棒に思わず笑みが浮かぶ。

(トマスに感謝だね、本当に)

セレスティアルを鞘《さや》へと納めてユフィの方へと振り向く。ユフィは警戒を解いた様子で、息を吐きながらアルカンシェルを鞘に納めていた。

「お疲れ様、ユフィ」

「はい、アニスもお疲れ様です」

ユフィと笑みを浮かべ合って言葉を交わす。

「ガッくんたちも大丈夫？」

私は後ろに下がっていた三人へと振り向くと、ナヴルくんとシャルネは信じられない、と言わんばかりの表情を浮かべていた。

そして、ガッくんは何故《なぜ》だか神妙な表情を浮かべている。そして何か意を決したように問いかけてきた。

「これ言っちゃダメな奴《やつ》だと思うんですけど、お二方に護衛って必要なんですか？」

「それ本当に聞いちゃダメな奴だからね、ガッくん！」

問わずにはいられなかったのだろうけれど、それを言ったらおしまいなことを言っているガッくんに情けなく突っ込む私の声が森の中に響き渡るのだった。

＊＊＊

フェンリルの討伐が確認出来た後、私たちは屋敷へと引き返していた。

討伐の証拠に私が切り飛ばしたフェンリルの爪を持参していくと、パーシモン子爵はその場で卒倒してしまいそうな勢いで驚いていた。

無理もない。もしも私たちがいなかった時にフェンリルと遭遇していたならとてつもない被害が出ていただろう。これまで遭遇しなかったのは単に運が良かったのだ。

「フェンリルなんだけど、王都の冒険者ギルドに持ち込んで解体を依頼して欲しいんだ。私たちはまだ視察の途中だし、運んで貰う代わりに素材の一部をパーシモン子爵にもあげるから領地復興の足しにしてよ」

「は、はい？」

「あぁ、勿論《もちろん》魔道具の研究に使えそうな部位は持っていくけれどね！」

「そ、それは構いませんが……むしろ素材を受け取るのも恐縮なのですが……」

「これからパーシモン子爵領を復興させるのに必要なものです。国からの支援の一部ということでお受け取りください」

「ユフィリア女王陛下がそのように仰《おっしゃ》るなら……それにしてもフェンリルとは、ユフィリア女王陛下とアニスフィア王姉殿下がいなければどれだけの被害が出ていたでしょうか。改めて心よりお礼を申し上げます……！」

「いやいや、こちらこそ良い縁《い》に恵まれたと思ってるし、被害が出なかったことを喜ぼうよ！　フェンリルもいなくなれば少しずつ魔物も森に戻ってくるだろうし、収入源も増えると思う。これからの領地復興については任せたよ、パーシモン子爵」

私がそう言うとパーシモン子爵は軽く目を見開かせた後、ゆっくりと息を吐きながら肩の力を抜いた。そのまま胸に手を当てて微笑《ほほえ》む。

「はい、必ずや期待に応えたいと思います」

「私からも、本当にありがとうございました！　このご恩は絶対に忘れません！」

パーシモン子爵に続いて、感極まったようにシャルネも深々と頭を下げていた。

それからは脅威が取り除かれたということでちょっとした宴《うたげ》を開くこととなり、可能な限りの贅沢《ぜいたく》をパーシモン子爵は提供してくれた。

フェンリル討伐の報《しら》せは領民にも知らされていて、今日は彼等《かれら》も宴を開くらしい。これからの復興に明るい展望が見えたからだろう。是非とも心から楽しんで欲しいと思う。

「いや、まさかの大物でしたね。フェンリルだなんて」

ささやかな宴の最中で、肉とお酒を抱えながらガッくんがしみじみと呟《つぶや》く。

ワイルドな両手持ちのガッくんに眉を顰《ひそ》めていたナヴルくんだけれど、ガッくんの呟きには反応に困るといったように溜息《ためいき》を吐《つ》いている。

「恐ろしい魔物でした。記録で見知っているのと実物は違いますね……」

「護衛としては情けない限りですけど、アニスフィア王姉殿下とユフィリア女王陛下がいなかったらと思うとゾッとしますわ」

「フェンリルも凄《すご》かったが、アニスフィア王姉殿下とユフィリア女王陛下も凄《すさ》まじかった ですね……ユフィリア女王陛下については、学生時代からその才能には一目置いていました が、精霊契約者となったことで途方もない高みに登られたようで……」

「それを言ったらアニスフィア王姉殿下は何なんだよ、アレって感じだったな。騎士として自信を無くすよな……」

「ガーク、貴様少しは言葉を選ばんか……！」

ガックくんの軽い態度にナヴルくんが目くじらを立てているけれど、私は気にしていないので軽く笑って返す。

「でも、本当に運が良かったよ。フェンリルだったらもっと被害が出ててもおかしくなかったからね。これ以上のパーシモン子爵領の被害は避けたかったし」

「それはそうなんですけどねぇ。ただ、アニスフィア王姉殿下たちがいたのも偶々《たまたま》でしたから。アレに対抗出来るのだと東部にはどれだけいますかね……」

「いやいや、本来アレは騎士団で囲んで対応するレベルの魔物だからね？」

「それでもですよ。フェンリルに対応出来る騎士団なんて数えるぐらいですし」

「それはそうなんだけどねぇ……」

「やはり、まだまだ東部の状況は厳しいと思い知らされましたね」

「ユフィ」
ガッくんたちと話していると、飲み物を片手にユフィが私の側までやって来た。すると
ナヴルくんは胸に手を当ててユフィに頭を下げた。
「今日は護衛として不甲斐《ふがい》ないところをお見せしてしまい、申し訳ありませんでした」
「頭を上げてください、ナヴル。自分で言うのも何ですが、私とアニスは規格外ですから。
フェンリルと二人で対峙《たいじ》するなど、普通であれば考えられません」
ユフィは穏やかな声でナヴルくんにそう告げる。ナヴルくんはゆっくりと顔を上げるも、
その表情は複雑そうだ。
「そして貴方《あなた》は騎士としてはまだ駆け出しの身です。本来であればアレに挑もうと思うこ
とが無謀なのです。ですが、あの脅威を体感したということは貴方にとって良き経験であ
ったでしょう」
「それは……はい」
「であれば、ナヴルもまた考えてください」
「考える……ですか？」
「私もアニスも、幾ら武力を極めようとも個人でしかありません。私たちだけでは全ての
災禍に対処するのは不可能です」

「それは……その通りですね」

「そして、誰でもこの領域に辿《たど》り着ける訳ではないということも自覚しているつもりです。それでもアニスの魔道具にはその可能性に近づけられる力が秘められていると考えています」

「魔道具の可能性ですか……」

「そうです。だからこそ東部の開拓はこれからのパレッティア王国の発展に欠かせないと私は考えています。魔道具の発展には更なる精霊資源の確保が必要ですから。他にも人材の育成が必要でしょう。その人材に貴族や平民といった身分の差は必要ないと思います。魔法を使えるかどうかが重要視される時代ではなくなっていきますから」

「……ユフィリア女王陛下は貴族の、魔法の権威を失わせたいとお考えですか？」

ナヴルくんは真剣な表情を浮かべてユフィへと問いかけた。ナヴルくんからの問いかけにユフィは柔らかく微笑む。

「魔法だけが権威ではなくなる時代にしたい、が正しいですね。魔法を使えることが権威となるのではなく、可能性を見出《みいだ》す才能の一つとして数えられる未来。私が、そしてアニスが望んでいる未来というのはそういうものなのでしょう」

「……本当にそんな未来が訪れるとお考えですか？」

「実現には長い月日が必要でしょう。ですが焦《あせ》ることはありません。何世代も重ねて、それが当たり前になる日を願いながら進んで行くのです。先人の教えを忘れず、けれど必要以上に拘《こだわ》らず。国のため、民のために為政者として何を為《な》すべきなのかを考えながら」

ユフィの言葉を聞いてもナヴルくんは悩ましげな表情を崩すことはない。ユフィはナヴルくんから目を逸《そ》らして、自分の掌《てのひら》を見つめるように視線を下げる。

「現状に満足せず、考えるのを止めないこと。……本当はあの人だってそのように生きたかった筈《はず》ですから」

「……ユフィリア女王陛下」

ユフィの呟きにナヴルくんはハッとした様子で顔を上げて、眉間に皺《しわ》を寄せながら目を閉じた。それから暫《しばら》く堪《こら》えるかのように黙り込んだ後、静かに頷《うなず》いた。

「……私はユフィリア女王陛下が語る未来が最善の未来かどうか確信が持てていません。だからこそ自分なりに答えが出せるように考えてみたいと思います」

「ええ、そうしてください」

「……難しい話はわかりませんけど、とにかく考えることを放棄しないで自分の出来ることをやっていこうってことで合ってます？　アニス様」

「そこで確認してくる辺りがダメダメだよ、ガッくん」

ユフィとナヴルくんに聞こえないようにヒソヒソと小声で確認してくるガッくんに何とも脱力させられながら、私もそっと息を吐いた。

考え続ける、か。あの人と指してユフィが思い浮かべただろう人――アルくんを思い浮かべながら目を閉じた。重圧を感じてしまうのは、それだけ責任を感じているからなのだと思う。だからこそ、つい弱音も零《こぼ》してしまいたくなってしまう。

「……アニス？」

私はユフィの側《そば》に寄って、密着するように肩を寄せる。

そんな私にユフィが少し怪訝《けげん》そうな表情を浮かべたけれど、ふと何かに気付いたように私の肩に手を回してくれた。

「ナヴル、ガーク、私たちは先に休もうと思います。アニスも久しぶりに討伐に参戦しましたから、疲れが出てきたみたいです」

「畏《かしこ》まりました。パーシモン子爵には私から伝えておきます」

「お願いします、それでは」

ユフィは私の肩を抱いたまま、歩き出す。私はユフィの手に自分の手を伸ばして、指を絡《から》めるように組み合わせる。

そのまま二人で部屋を出て、自分たちに宛がわれている寝室へと向かう。

移動している間、私はユフィによりかかりながらぐりぐりと額を押し付けてしまう。

するとユフィが小さく笑い声を零して、優しげな声で私の名前を呼んだ。

「アニス、急にどうしたんですか？」

「ん……ドラゴンの魔力を使ったから、なんとなく甘えたくなっただけ」

「そうですか」

ユフィはそれ以上、何も聞かずに歩く。そして寝室のドアを開けて、私を先に入れてからドアを閉めて鍵をかけた。

顔に手を添えられて、顎を持ち上げられてユフィから口付けをしてくる。私は抵抗せずにユフィのキスを受け入れて目を閉じる。

互いに啄《ついば》み合うようなキスをしてから、私はユフィを至近距離で見つめながら呟く。

「……ねぇ、ユフィ」

「何ですか？」

「今日は、ちょっと疲れてただけだから。偶々、そう偶々甘えたくなっただけで……」

「はい、わかってますよ」

何度も口付けの音を鳴らしながら、ユフィがキスの雨を降らせる。ユフィに触れられる度に目を細めたくなってしまう程に心地好《ここちよ》い。

そう、今日は久しぶりにドラゴンの魔力を使って、魔力が落ち着いていないから仕方ないんだ。あと、少し思い出してしまうようなことがあったから。

だから、ほんの少しだけ、寄りかからせて欲しいと思っただけで。

「甘えてくれていいんですからね、アニス」

「……うるさい」

からかうように告げるユフィに軽く頭突きをしながら、私はユフィに身を預けるように力を抜いた。

そんな私を愛《いと》おしいものを見るかのように甘く微笑むユフィ。まるで今にも鼻歌を歌いそうな程に楽しそうで、少しだけムカつく私なのであった。

＊＊＊

フェンリルとの遭遇という予想外の事態があったものの、パーシモン子爵領での視察の日程は無事に過ぎていった。

子爵家一家と領民たちに見送られながら、私たちはパーシモン子爵領を後にした。

「この視察もそろそろ終盤ですね」

「あれ、そうだったっけ？　もうそんなに予定を消化したっけ？」

「……アニス、やはり日程について聞き流していましたね？」

「ぎくっ！」

パーシモン子爵領を出てから最初の休憩で、ふとユフィがぽつりと零した一言に反応すると藪《やぶ》から蛇を出してしまった。

ユフィだけではなくて、全員揃《そろ》って仕方ない奴《やつ》を見るような生暖かい視線を送ってくるので居たたまれなくなってしまう。

エアバイクが有効活用されていることが嬉《うれ》しかったんだから仕方ないでしょ！　あとは、ちょっとユフィと新婚旅行みたいだなとか思っていたけれど！

心の中で言い訳をしていると、ユフィが額に手を当てながら深々と溜息《ためいき》を吐《つ》いた。

「……もしかしたら聞いてなかったんじゃないかとは思ってたんですよね。そうでもなければここまで脳天気ではいられなかったでしょうし」

「へ？」

「視察も次の領地が最後ですし、その領地のことを覚えていればアニスが脳天気にしてられないだろうな、と思ってたんですよ。気が付いてないならそれはそれでと流していましたが……」

「えっと……どういうことでしょうか？」

思わず敬語になってしまいながら皆《みんな》の顔色を窺《うかが》いながら確認してしまう。

そして、私の疑問に答えてくれたのはレイニだった。

「アニス様、次に向かう視察先の領地の名前はオーカー辺境伯領です」

「……………えっ、オーカー辺境伯領？」

私はレイニに告げられた名前を思わず復唱してしまう。

オーカー辺境伯領、その名前を私は知っている。だからこそ驚いてしまった。

オーカー辺境伯領は——廃嫡された後にアルくんが封じられた領地だ。

5章　彼との再会、未知との出会い

オーカー辺境伯領はパレッティア王国の最東端にある領地だ。

国境に接しているので国からの支援も手厚い。けれど、その支援を差し引いても貧しい生活を強いられている。開拓も進んでおらず、魔物と縄張りを取り合うような日々が続き、大きな発展も出来ないでいる。

そんな状況故に罪人の苦役として兵役を科される場所であって、領内の治安も良いとは言えない。口さがない者の中にはオーカー辺境伯領のことを流刑地《るけい》と呼ぶ人もいる程だ。

それ故にこの辺境伯家は何度も代替わりをしていて、領主が交代制の領地となってしまっている。そんな曰《いわ》く付きの領地であり、現在の辺境伯家の方々も領地の境界近くに屋敷を建てて、領土に踏み入るのを避けている程だ。

そしてアルくんが住んでいるのは人里からも離れた場所に建てられた屋敷らしい。

かつてスタンピードによってのみ込まれて、放棄された屋敷を補修して暮らしているのだとか。

その屋敷がある場所も最早《もはや》森のど真ん中といっても差し支《つか》えなかった。鬱蒼《うっそう》と生い茂る木によって日が遮られていて薄暗く、薄気味の悪い森。

「黒の森と良い勝負の薄暗さですね……」

「うん……」

ユフィの呟《つぶや》きに対して、私も同意するように頷いた。夜に訪れたら肝試しどころでは済まなそうな怪しげな雰囲気に満ち溢《あふ》れている。

そんな森を進んで行くと、アルくんが住んでいるという屋敷が見えてきた。

屋敷の庭は荒れ放題で最低限の手入れしかされておらず、外壁なども一部が朽ちていたり、蔦《つた》が縦横無尽に生い茂っていたり、とにかく凄《すご》い外観になっている。

「この屋敷、夜に出歩いたらなんか出そうっすね……」

「こんな場所にアルガルド様が……」

各々《おのおの》、そんな反応を零しながらもエアドラとエアバイクを止めて屋敷を見上げる。

(ここにアルくんが住んでる……)

視察で最後に訪れるのがアルくんのいる領地だと聞いてから、ずっと考えていた。

今更、私はアルくんにどんな顔をして会えば良いのだろう、って。そればかり考えてしまっていて、それ以外のことに手がつかなくなってしまった程だ。

ユフィが今回の視察でアルくんのところに行くと決めた理由だとか、それも気になったけれど、まず私を悩ませたのがアルくんに合わせる顔がないということだった。

アルくんをこんなところに追いやってしまった原因は私にあるから。

恨まれている、とは思わない。アルくんとは最後に仲直りの握手をしたから。

だからといって何事もなかったように再会を喜ぶことも出来ない。ただ単純にアルくんにどう接していいのかわからない。

会いたくないか、と聞かれたら会いたいと答えると思う。でも、同じぐらい合わせる顔がないと思っているから、きっと会いたくないとも思ってしまう。

気持ちが複雑なまま、もうここまで来てしまった。ここまで来て帰るだなんてあり得ないだろう。だからアルくんとは嫌でも顔を合わせなければならない。

こんな場所でアルくんはどんな生活を送っているのだろう？　どんな思いでいるのだろう？　考え始めればキリがなくなってしまう。

「アニス」

「ユフィ？」

「……大丈夫ですよ、きっと」

そうは言ってくれるけれど、ユフィもどこか緊張した様子だった。

それでもユフィはアルくんと会うことを決めた。なら、私がいつまでもうじうじしている訳にはいかないと、軽く頬を叩《たた》いて気を取り直す。

頬の痛みで意識がはっきりしたところで、ふと私は思ってしまった。

「……これ、どうしたら良いんだろう」

屋敷にまで来たのはいいけれど、門は開きっぱなしで門番もいない。

このまま中に入って人を呼んだ方が良いのだろうか？　というか、それ以外にないよね？　大声で呼ぶ訳にもいかないだろうし。

「中に人がいる筈《はず》だから、まずはちょっと声をかけてこようか？」

「アニス様、俺が行ってきますよ」

ガッくんが軽く片手を上げながらそう言った。

そしてガッくんが中庭へと足を踏み入れて、そのまま屋敷の扉まで向かおうとしたその時だった。

「――止まれ！」

ガッくんの行く手を遮るように中庭の陰から何かが飛び出して来た。

入り口との間を遮るように姿を見せたのは――少女だ。貴族学院に入学するかしないかといった年齢で、私たちよりも幼い。

私たちはその少女の姿に目を見開いてしまった。

彼女は腰ほどまで届く銀灰色の髪を結んで纏《まと》めている。そして、その頭部には――髪の色と同じ色合いの〝狼《おおかみ》耳〟がある。

よく見れば少女の背後で尻尾と思わしきものまで揺れている。どこからどう見ても本物にしか見えない。よく見れば、その青い瞳も獣じみた瞳孔をしていて、人と獣が混ざり合った姿をしている彼女に誰もが呆気《あっけ》に取られていた。

「獣人……？」

魔物の中には人型の魔物が存在するけれど、彼女は私が知る魔物と比べても人そのものだ。狼耳と尻尾があること以外は人間と同じに見える。

一体、彼女は何者？　どうして中庭に潜んでいて、私たちの行く手を遮っているのか。

「お前たち、怪しい。何者だ！」

敵意と警戒心を剝《む》き出しにしたまま、狼耳の少女が私たちを威嚇してくる。

その口調がどことなく古くさいというか、馴染《なじ》みのない喋《しゃべ》り方に聞こえた。その違和感に思わず首を傾《かし》げてしまいそうになるけれど、今気にするべきことではない。

「えぇっと、私たちは……」

「ここに何の用だ！　それに、そこのお前！」

「えっ⁉　わ、私ですか⁉」

私の言葉を遮るように吼《ほ》えながら、狼耳の少女の威嚇が向けたのはレイニだった。

突然のことにレイニは戸惑ったように驚きの声を上げている。その反応が気に食わないと言わんばかりに狼耳の少女は目を細めた。

「お前──ヴァンパイアだな？」

「──えっ⁉」

狼耳の少女の指摘に私は緊張感が一気に高まった。ユフィとイリアも同様だ。

ヴァンパイアについて知らないガッくん、ハルフィス、ナヴルくんは怪訝《けげん》そうな表情になっている。

嘘《うそ》でしょ？　なんでこの子、レイニがヴァンパイアだって気付くことが出来たの⁉

「それに、そこのお前……本当に人か？　不思議な気配がするな？」

次に狼耳の少女が指し示したのはユフィだった。

ユフィに怪訝そうに指摘している狼耳の少女。それにユフィは沈黙を貫いている。
ヴァンパイアだけではなくて、精霊契約者であることも見抜いているの？　この子は一体何者なのだろう？

「貴方《あなた》は……」

「お前も」

正体を問おうとすると、また発言が遮られてしまう。今度は私に視線を向けて来た。
ジロジロと私を見る彼女は、何が気に入らないのかギュッと眉間に皺《しわ》を寄せた。

「お前は……何かわからないけれど危険な気配がする。それに、似てる」

「……似てる？」

「お前――アルと何か関係があるのか？」

「アルって……アルくんのこと!?」

少女から出た名前に思わず反応してしまう。この子、アルくんの知り合いなの？
私の反応に少女も軽く眼《め》を見開いて、それから問いかけてきた。

「まさか――お前、アニスフィアか？」

「……そう、だけど」

名前を呼ばれたので、つい肯定してしまう。

次の瞬間、私は思わず身構えてしまう程の殺気を感じた。その殺気は目の前にいる狼耳の少女から向けられたものだ。彼女は憎らしいと言わんばかりに私を睨《にら》んでいる。

「お前が……アニスフィア……！」

「あ、あの……ちょっと話を聞いて欲しいというか……」

「――アニス、下がってください」

鋭い声を出して険しい表情のユフィが一歩前に出た。その手はアルカンシェルを握っていて、今にも抜いてしまいそうだ。

あぁ、もう！　状況がめちゃくちゃだよ！　あとユフィは女王になったのだから率先して前に出たらダメでしょ⁉

「――アクリルさん、お待ちください！　その方々は敵ではございません！」

一触即発なこの状況に更なる声が飛び込んできた。

屋敷の扉を開いて出てきたのは執事服を纏った初老の男性だ。初老の男性を見たユフィは表情を和らげて、彼へと声をかけた。

「クライヴ、お久しぶりですね」

「ユフィリア様、ご無沙汰しております。そして私どもの客人が申し訳ございません。事前の説明が足りておりませんでした……どうか、お許しくださいませ」

クライヴと呼ばれた男性は見事な一礼をして、狼耳の少女の態度について謝罪した。

狼耳の少女はクライヴが頭を下げたのを見て、罰の悪そうな表情で敵意を収めてくれた。

その様子にホッと安堵《あんど》の息を吐きつつ、私もクライヴに声をかけた。

「クライヴ、久しぶりだね」

「アニスフィア王女殿下もご無沙汰しております。大きくなられましたな。……あぁ、今は王姉殿下でございましたね」

「隠居して以来だから、十年ぶりくらい？　元気そうで何よりだよ」

クライヴはかつて王城に仕えていた人で、父上の信頼が厚い家臣だった。かつては私やアルくん、そして王妃教育を受けていたユフィの教師を務めていたこともある。

年齢を理由に引退してから王城を離れていたのだけれど、アルくんが辺境に送られるという話を聞いた際、アルくんの監視係として名乗りを上げてくれた人だ。

「隠居していたところ、辺境まで来てくれてありがとう」

「貴方が同行してくれたことには私からも感謝を申し上げます」

「アニスフィア様、ユフィリア様……いえ、アルガルド様の処遇につきましては私も責任を感じておりましたので。これが最後の務めと思って尽くさせて頂いております」

「……積もる話もあると思うんだけど、その前に聞いてもいいかな？」

未《いま》だに私を軽く睨み付けている狼耳の少女に視線を向けながら私はクライヴに問いかけてみる。

するとクライヴは何とも困ったように苦笑を浮かべながら、額の汗を拭っている。

「こちらはアクリルさんと申しまして、この屋敷に滞在しているお客人です。それで見ての通りなのですが、彼女は……」

「……狼耳と尻尾がついてるよね？　本物？」

思わずまじまじとアクリルと紹介された少女を見つめるけれど、彼女は嫌そうに表情を顰《しか》めながら口を開いた。

「ジロジロと見るな。この耳と尻尾はリカントの証《あかし》だ」

「リカント？」

「彼女の部族、種族と言いますか……彼女は魔石持ちの人間と言うべき方でして……」

「魔石を持った人間⁉」

クライヴの説明に私は驚愕《きょうがく》に目を見開かせながらアクリルちゃんを見つめてしまう。

それはつまり、ヴァンパイアと同じということだ。それなら、その耳と尻尾にも納得してしまう。彼女は言うなれば人と魔物の中間にあたる存在という訳だ。

「魔石を持ってるって……その、彼女は魔物なのですか？」

困惑したようにハルフィスが呟《つぶや》くと、アクリルちゃんが睨むようにそちらを見た。

「リカントをただの魔物と一緒にするな」

「アクリルさん、威嚇なさらないでください。アルガルド様のご迷惑になりますから」

「……ふん」

刺々《とげとげ》しい態度のアクリルちゃんだけれど、クライヴに窘《たしな》められて黙り込んだ。

しかし、何とも衝撃的な出会いがあったものだ。アルくんに会いに来て、どんな顔をしていればわからないといった悩みも吹っ飛ばされてしまった。

「クライヴ、とりあえず中に入れて貰《もら》って良いかな？　アルくんもこの子の事情は把握しているんでしょう？　詳しく話を聞きたいんだけど」

「勿論《もちろん》です。それではご案内致します」

クライヴに了承を取り、私たちは中庭の中にエアドラとエアバイクを移動させて屋敷の中へと入った。

屋敷の外観に反して、中は綺麗《きれい》に清掃されていた。その廊下を皆《みんな》で並びながら進んでいき、クライヴがある部屋の前で立ち止まった。

「アルガルド様、ユフィリア女王陛下一行をお連れ致しました」

「──入ってくれ」

中から聞こえてきた声に私は思わずドキリと心臓を跳ねさせてしまった。

喉の渇きを感じて唾を飲み込んでしまう。そしてクライヴがドアを開いて、部屋の中へと招き入れる。

そして——久しぶりに私はアルくんの姿を見た。

私と良く似た白金色の髪、まだ見慣れない真紅の瞳。王城にいた頃と比べれば質素な服に身を包んだ彼は、記憶の中の彼よりも身長が伸びていた。

「——ユフィリア女王陛下、アニスフィア王姉殿下、ご足労頂き感謝申し上げます」

アルくんは私たちの姿を確認すると、そのまま跪《ひざまず》いて一礼をしてみせた。

ユフィは一瞬目を見開いて息を呑《の》んだけれど、ゆっくりと息を吐きながら一歩アルくんの前に出る。

「顔を上げてください、跪く必要はありません」

「臣下として礼儀は尽くさなければなりません。ましてや私は罪人の身。御身のご尊顔を拝見するのも厚かましいというものでございます」

「……では、許します。楽にしてください」

「……畏《かしこ》まりました」

アルくんは僅かに間を空けてからゆっくりと立ち上がった。

改めて顔を合わせたユフィとアルくんは互いの顔を見て、気まずそうに苦笑した。

「……ここには気心知れた者たちしかいませんので、どうか以前のように接してください。貴方に畏まられても落ち着きませんので」

「わざわざこちらが臣下として気を遣っているというのに、その言い草か？」

「貴方が言うと嫌味に聞こえますね？」

「なんだと？　ふん、心の狭い奴《やつ》め」

軽口を言い合ってから、ユフィとアルくんは肩を竦《すく》め合った。

そのやり取りに私は少し驚いてしまう。思ったよりユフィはアルくんに対しての対応に迷いがないようだった。私だけではなくてナヴルくんも驚いた様子だったけれど。

そのまま呆気《あっけ》に取られているとアルくんが他の人たちに視線を向けた。

「……改めて見れば、何とも第一声に困る面々だな」

「そうでしょうね。とはいえ、こちらも彼女には驚かされましたが……」

「あぁ、アクリルか。すまんな、こちらの説明が足りずに彼女がつっかかったんだろう？すぐにクライヴを行かせたが、彼女の非礼はこちらの過失だ。どうかアクリルには罰を与えないでやって欲しい。まだパレッティア王国の常識や世情に疎《うと》いんだ」

「頭を下げる必要はありません。ただ、彼女について話を聞かせて頂けませんか？」

「アクリルが気になるのも無理はないだろうしな。しかし……私のことについても話しても構わないのか？」

そう言ってアルくんが視線を向けたのはナヴルくん、ガッくん、ハルフィスだ。アルくんの視線の意味に気付いてユフィが頷《うなず》いてみせる。

「元々、全てを話すかどうかはここに来てから決めようと思ってたのですが……」

「アクリルちゃんがレイニをヴァンパイアだって指摘しちゃったから、説明しない訳にもいかないかなって……」

「そうか……いや、本当にすまなかった。まずは座ってくれ。長い話になるだろうからな。クライヴはお茶を淹《い》れてきてくれ」

「畏まりました」

クライヴがお茶の準備をしに退室して、私たちはアルくんに勧められるままにソファーへと座った。

全員が席についたのを確認した後、隣に座ったアクリルちゃんに視線を向けてからアルくんは改めて口を開いた。

「まず何から説明すれば良いか。アクリルがリカントと名乗ったのはもう聞いたか？」

「はい」

「リカントは見ての通り、狼《おおかみ》の耳と尻尾、そして高い身体能力を有した種族だ。人と魔物の中間に位置する種族と言えば良いだろうか。そしてリカントは群れを作り、代々一族で魔石を継承していたそうなのだ」

「それは驚くべき話ですね……」

「もう察しているかもしれないが、アクリルはパレッティア王国の人間ではない。ここより更に東の果て、その向こうからやってきたんだ」

「つまり、アクリルさんは東の向こうの――〝カンバス王国〟の民なのですか？」

ユフィはある程度察しながらも、それでも驚きを隠せずにアルくんに問いかける。

パレッティア王国の東の端には深い森と険しい山脈群があり、そこを国境線としている。その更に東側にある国がカンバス王国である。けれど、それこそが驚きに値することでもあった。その理由はカンバス王国との関係にある。

「カンバス王国はその存在は知られていても、行商人が国境付近でやり取りをする程度で交流そのものが少なく、実態もよくわかっていないとは聞いていましたが……」

そう、ユフィが言うようにカンバス王国というのは詳細がわかっていない隣国なのだ。

仮に交流しようにも険しい山道を越えなければならず、あちらも国境付近にまで行かないと姿を見せないし、パレッティア王国に関わろうとはしてこない。

それでも珍しい魔石や魔物の素材を物々交換してくれるので、そういった珍品を求める行商人が冒険者を護衛に雇って行商に向かうぐらいしか関わりがない国なのだ。

しかし、アルくんは複雑そうな表情で溜息《ためいき》を吐《つ》いて、首を左右に振った。

「東から来たとなればカンバス王国の民なのかと想像するのは当然だと思うが、そういう訳でもなくてだな……」

「では、彼女は一体……？」

「アクリルはあくまでリカントが集まった部族内で暮らしていて、カンバス王国に属していたかどうかも定《さだ》かではない。私も彼女から聞いた話で推測を立てるしか出来ていないからな。あくまでアクリルは東の果て、その先からやってきた異邦人でしかない」

「あくまで部族の中で生活を営んでいて、国に属していた訳ではないと？　確かにその話をそのまま鵜《う》呑《の》みにするなら、カンバス王国の民という訳ではなさそうですね……」

ユフィを含め、話を聞いている客側の私たちは困惑するしかない。

そんな空気になったところでクライヴがお茶を載せたカートを押して戻ってきた。

「クライヴ様、お手伝い致します」

「あ、私も手伝いますよ」

「イリア、ありがとうございます。そちらのお嬢さんも、よろしくお願いします」

流石《さすが》に一人で用意させるのは忍びないと思ったのか、イリアとレイニが手伝い始める。

その様子を見ていたアクリルちゃんが興味を引かれたようにイリアへと視線を向けた。

「クライヴ、その女の人と知り合い？」

「イリアですか？　彼女は私の教え子の一人ですよ。教育係の他にもオルファンス先王陛下の従者を務めていたこともありますので、彼女はそちらでの教え子ですね」

「じゃあ私の先輩？」

「そうとも言えますね」

クライヴとそんな言葉を交わした後、アクリルちゃんは興味津々《きょうみしんしん》というようにイリアへと視線を注ぐ。イリアはそんな視線を意に介さずに手際《てぎわ》よく皆にお茶を振る舞う。

そこで一息吐いたところで、話を切り替えるようにナヴルくんが挙手した。

「あの、申し訳ありません。確認したいのですが、先程名前が出ていたヴァンパイアというのは？　レイニがそのヴァンパイアだというのは一体……？」

戸惑った様子のナヴルくんの質問に、私とユフィは顔を見合わせて頷き合う。

「これは国家機密で口外することは許されない話だから、心して聞いて欲しいんだ」

「下手をすれば国を傾ける程の重要な話ですからね」

「そ、そこまでの話なのですか……？」

「この話の発端は、アルくんが起こしたユフィとの婚約破棄にあるんだけど——」

私たちは事情を知らない人たちに、アルくんが起こした婚約破棄騒動の裏側で起きていたことを説明して、レイニとアルくんがヴァンパイアになっていること、ヴァンパイアの正体などを伝えた。

説明を受けたナヴルくんとハルフィスは驚愕《きょうがく》といった様子で終始目を見開いていた。

その隣でガッくんが理解しているのか、理解していないのかよくわからない反応をしていたせいで気が抜けそうになったけれど、概《おお》ね説明をすることが出来た。

「これがあの婚約破棄の裏で動いていた話で、アルくんが辺境送りにされた本当の理由なんだよ」

「あの婚約破棄の裏側にそんな事情があったとは……では、シャルトルーズ家や、モーリッツが処罰されたのも……」

「本来であれば、私も首を落とされていてもおかしくはなかった。ナヴル、許されるとは思っていないが、何も知らぬお前を利用したことを心から謝罪する。お前の不名誉は私の不徳のせいであったことをここに証言する」

アルくんはナヴルくんに向けて深々と頭を下げた。アルくんが頭を下げたことでナヴルくんは息を呑んだけれど、すぐに息を吐き出してから首を左右に振った。

「頭を上げてください、アルガルド様。あの婚約破棄の裏側にそのような陰謀があったことに私は一切気付いていませんでした。仕える主《あるじ》の間違いを正すのも臣下の役目と考えれば、私は貴方《あなた》の側《そば》にいるには力不足だったのです。ですから、アルガルド様が謝罪する必要はありません。逆に貴方様の苦悩を察することも出来ずに恥じ入るばかりです」

「お前は決して不出来な男ではない。ただ、正直と真面目が過ぎただけだ。そこを狡猾《こうかつ》に利用した私の罪は今後も消えることはない。その償いとして、今後誰にも恥じ入ることはしないと誓う」

「……私も同じ気持ちでございます、アルガルド様」

アルくんとナヴルくんは少しぎこちないけれど、笑みを浮かべて穏やかに言葉を交わしていた。その様子に私は密《ひそ》かに胸を撫《な》で下ろしていた。

「それにしても、人と魔物の中間である種族ですか。魔石が子供にも遺伝するというのが不思議であり、驚くべき話ですね……」

ハルフィスがまじまじとレイニを見つめながらそう呟《つぶや》いた。レイニは何とも落ち着かなそうに身を揺すっていて、そんなレイニの手をイリアが握ってあげている。

「ヴァンパイアについては、その誕生の経緯についてわかりましたが……その、リカントの方々はどうなのでしょうか？」

「私たち、リカントは偉大なる祖から力を渡され、今の姿になったと言われてる」

ハルフィスから質問を受けたアクリルちゃんは淡々と返答した。……なんか私との態度に差があるような気がする。

「祖となった魔物がいたと。それが狼の魔物だったっていうこと？」

「そう、私たちの祖は狼だったとされている。リカントの他にも祖となった魔物から力を授かった一族がいて、それぞれの領域で暮らしていた」

「リカントの他にも魔石を持つ一族が……それは実に興味深い話ですね」

好奇心が刺激されるのか、ハルフィスはアクリルちゃんの話に興味津々なようだ。私としても気になる話題ではあるけれど……。

「アクリルちゃんの事情はわかったけれど、その、どうして彼女はここにいるの？」

私の質問にアルくんは何とも悩ましげな表情を浮かべて、それから静かに告げた。

「――アクリルは、東の山脈群を越えてこの屋敷に逃げてきたんだ」

そうしてアルくんが語り始めたのは、二人の出会いのお話だった。

6章　迷い人は出会う

――お腹《なか》が空《す》いた。

息をするのも苦しい、空腹感に目を回してしまいそうだ。

身体《からだ》は疲れ切っていて、喉も渇いていた。それでも私は必死な思いで足を前に動かしていた。

遠くへ、もっと遠くへ。ここではないどこかへ。ここを離れなきゃいけないから。

私の思考はただそれだけに塗り潰されていた。他の余計なことも考えられず、疲れ果てた身体を引き摺《ず》りながら前へと進む。

「……ぁ」

そうして歩いた先、そこには朽ちたような大きな家があった。その家からは良い匂いが漂ってくる。その匂いにお腹が勢い良く鳴った。

(食べ物の匂いがする……)

ここ数日、まともなものを口にしていない。涎《よだれ》がいっぱい口の中に溜《た》まる。

私はその匂いに惹《ひ》かれるように家へと近づいていく。見張りも何もいなかったので、家の中に入るのはとても簡単だった。

（……人の気配がある）

朽ちたように見えた建物だったけれど、中は綺麗《きれい》に掃除がされているようだった。人が生活している気配はあるけれど、その姿は見えない。私は気配を殺しながら匂いの方へと進んで行く。

そして匂いの出所である場所へと辿《たど》り着いた。そこには食事と思わしきものが用意されていた。それを見た瞬間、私の喉がごくりと鳴った。

（もう、我慢出来ない――！）

もう空腹が限界で、ろくに頭は動いていない。今まで保っていた警戒心も放り捨ててしまいながら、私は机の上に載せられていた食べ物に飛びつこうとした。

「――珍しい客だな」

「ッ⁉」

背後から声が聞こえて、振り返るよりも先に天地がひっくり返るように回った。

身体にはいつの間にか、水で出来た縄が巻き付いていて身体の動きを封じている。そして上下が逆さまになった視界で、私は一人の青年を見た。

この不気味な洋館にいるには不釣り合いな程に明るい白金色の髪、思わず見惚《みと》れてしまいそうになるぐらいに整った顔立ち、そして私を見つめる不吉な真紅の瞳。

その瞳に嫌な記憶が刺激されてしまい、背筋がぞくりとする。でも、怯《おび》えている場合ではない。私は牙を剝《む》いて吼《ほ》えた。

「離せ！　降ろせ！　解《ほど》け！」

「……口を開くなりそれか。随分と元気な侵入者だな」

青年は呆《あき》れたようにそう言って、深々と溜息を吐いた。

そして青年の手が伸びてきて、私の頭に触れてきた。正確には私の頭部にある〝耳〟にだ。何度か感触を確かめるように触れた後、ぽつりと呟く。

「……これは、本物か？」

「触るな！」

身を揺すって青年の手を振り払う。彼が触れたのは私の髪と同じ色の〝狼耳《おおかみ》〟だ。身内でもなければ触らせないのに、勝手に触れられれば嫌悪《けんお》感しか湧かない。

唸《うな》るように威嚇しながら青年を睨《にら》んでいると、青年はジッと私を見つめて観察しているようだった。

「ワーウルフか？　いや……それにしては見た目は人間に近いな」

「私はワーウルフとやらじゃない！　誇り高きリカントだ！」

「その誇り高きリカントとやらが盗み食いを働こうとしたのは何故《なぜ》だ？　お前たちは他人の家に勝手に踏み入り、食事を奪うのは許される行いなのか？」

「うっ、それは……」

あまりにも当然な指摘を受けて、私は返す言葉もなく呻《うめ》いてしまう。

すると、そこで私のお腹が切なそうに空腹の音を鳴らした。青年は目を丸くしながら私を見る。その視線に羞恥心が湧き上がってきた。

「……私の質問に答えるなら、そこの食事をお前に食べさせてやっても良い」

「えっ？」

「その代わり、逃げないことと、危害を加えないことを約束しろ。どうだ？」

「……お前こそ、それが偽りでないと誓うか？」

「誓おう」

あまりにもあっさりと言い放った青年に私は疑わしいと言わんばかりに睨み付ける。

しかし、それも長くは続かなかった。もうお腹が空きすぎて私の気力は限界だった。

「……私も、約束を守ると誓う」

「そうか」

私がそう返答すると、身体を拘束していた水の縄が消えていった。解放された私はややふらつきながらも着地に成功する。

「ほら、食え」

青年は椅子を引いて私に座るように促す。私は椅子について、机の上に置かれていた食事に手を伸ばした。

まだそんなに時間が経《た》っていないのか、ほのかに温かいパン。肉と野菜が入ったスープ、今にも飛びつきたいけれど、何か仕掛けられていないか匂いを嗅ぐ。

怪しげな匂いはしなかったけれど、解けきれない警戒心からパンとスープを睨んでしまう。そうして唸っていると、向かい側の席に座った青年が溜息《ためいき》を吐《つ》いた。

「はぁ……どれ」

「あ……」

青年はスプーンを手に取って、スープを一口飲む。それからパンを小さく千切って口に運ぶ。パンをしっかりと咀嚼《そしゃく》して飲み込んでから、彼は静かに言った。

「見ての通り、毒は入っていない。入れる隙もなかったのは見ていただろう？」

「……」

「やはり要らないというのなら、私が食べてしまうが……」

「……ッ、食べる！」

一瞬の逡巡《しゅんじゅん》の後で私は身を乗り出すようにして彼からスプーンを奪い取る。そしてパンを頬張り、スープを一心不乱の勢いで掻《か》き込んでいく。

口にパンとスープを入れると、久方ぶりの美味を感じた。

「美味《おい》しい……美味しい……！」

思わず涙が零《こぼ》れてきた。こんなにまともな食事は本当に久しぶりだった。数日前に食べたのだって、なんとか食べられるといった生肉だった。

こんなにちゃんとした食事なんて夢のまた夢だった。これが現実かどうか疑ってしまいそうになりながら、私はただ無心で食事を進めた。

「落ち着け、零すぞ。これはお前の分だ、ゆっくり食え。誰も奪い取ったりしない。何ならおかわりもいるか？」

「おかわり……良いの⁉　早く！　早く頂戴！」

「落ち着けと言うのに……まぁ、いい。少し待っていろ」

空になったスープの皿を手に取って、青年はスープを注いでから戻って来てくれた。

パンがなくなっても私はお腹がはち切れそうになるまでスープを啜《すす》った。その間、ずっと涙が出てきて止まらなかった。

「満足したか？」

「……」

食べている間の私をずっと見ていた青年に無言で頷《うなず》く。もうスープの一口でもお腹には入りそうにない。

「それでは、食事の対価として幾つか質問をする。お前に拒否権はない」

「……」

「まずは、お前の名前を聞こうか」

「……私は、アクリル」

名前を問うた青年に私は自分の名を告げる。アクリル、と繰り返し確かめるように青年は私の名前を呟《つぶや》く。

「アクリルか。お前はもしかして国境……山を越えてきたのか？」

「……なんでそう思う？」

「お前の言葉使いが古いからだ。パレッティア王国では古語、過去に使われていた形式に近い」

「パレッティア王国？」

聞き覚えのない言葉を聞いて私は首を傾《かし》げた。すると青年の眉間に皺《しわ》が寄った。

「お前はカンバス王国から来たのではないのか？」

「カンバス王国……？　なにそれ？」

「そっちも知らないか……では、お前はどこから来たんだ？」

「……わからない」

「わからない？」

私はその質問に答えることは出来なかった。

だって、私も今、ここがどこかもわからないし、ここに来る前もどこにいたのかわからないのだから。

「山を越えてきたのは認めるけど、パレッティア王国なんてのもカンバス王国なんてのも知らない」

「山を越える前はどこにいた？」

「……捕まってた」

「捕まってた？　何故？」

「……そこまで話す必要、ある？」

お腹が満腹になったことで、ようやく戻ってきた気力で警戒心を呼び起こす。

食事をくれたのは感謝しているけれど、そこまで話していいかどうかは信用出来ない。

「……ふむ。気にはなるが、そこまで踏み込んでいいかと言えば難しいだろうな」

青年は気分を害した様子もなく、ただあっさりと頷いている。少しだけ拍子抜けしたのは内緒だ。

「アクリルと言ったか。お前、ここがどこかもわからないのだな？」

「……そう、だけど」

「なら、暫《しばら》くここにいるか？」

「え？」

「私はお前に食べ物と寝床を提供する。その代わり、お前は私の質問に答えることを交換条件とする。どうだ？」

「……どうして？」

「お前に興味があるからだ。山を越えてきたお前は何者なのか、リカントとは一体何なのか、お前自身のことを知りたいのだ」

最初は何を言っているのかわからなかった。だけれど、彼は本気のようだった。

どう答えれば良いのかと思っていると、彼は鼻を鳴らしてから言い放った。

「まぁ、お前に拒否権はない。私には盗人《ぬすっと》としてお前に罰を与える権利があるからな」

「……それは」

「だが、お前を罰したところで私には得るものがない」

きっぱりと彼は言い切った。先ほどから会話の主導権が握られっぱなしだ。

「だからこそ、この取り引きに応じて貰《もら》いたいと思っている。私は好奇心を満たし、お前は腹を満たす。悪くない条件だと思うが？」

「……貴方《あなた》が、嘘《うそ》をついてるかもしれない」

「私を信用しないのは構わないが、お前は食い繋《つな》いでいく当てがあるのか？」

「うっ……」

「それで、どうするのだ？」

私は暫く黙り込んで彼の顔を睨み付けていたけれど、彼の提案がとても助かるのは事実だった。彼の言う通り、ここを出ても行く当てなどないのだから。

「……わかった。貴方に従う」

「そうか。なら、よろしく頼む」

「……貴方の名前は？」

私は名前を問いかけると、彼は一瞬、儚《はかな》げな表情を浮かべてみせた。その表情はすぐに苦笑へと変わり、彼は己の名を告げた。

「アル。……ただのアルだ。アルと呼んでくれ」

「……アル」

アル、と彼の名前を呼ぶと、何故かアルはどこか懐《なつ》かしそうな、それでいて寂しそうな表情を浮かべた。

どうしてそんな表情を浮かべるのかわからないけれど、なんとなく聞いてはいけないのだということだけはわかった。

「アクリル、お前にこの屋敷に住んでもらうのは良いのだが、幾つか条件がある」

「条件？」

「まず、勉強をして貰う。お前の言葉は聞く者によっては通じないからな。他にもパレッティア王国の常識も学んで貰わなければならない」

「うん」

「あと、部屋を一つ与えるから基本的にそこから出ないで欲しい。アクリルのように獣の部位を持つ者は魔物と勘違いされる可能性があるからな」

「リカントをただの魔物と一緒にしないで！」

「それはアクリルの常識だろう？　私たちはリカントと交流がないんだ」

アルはそう言うけれど、私は本当かどうか疑ってしまった。お腹《なか》も満たされて頭も回るようになってきたからだろうか。アルの瞳を見ていると、ある心当たりが浮かんだ。

その心当たりが当たっているなら、アルがリカントを知らないのはおかしい筈《はず》だ。

「アルって本当にリカントを知らないの？」

「あぁ」

「──ヴァンパイアなのに？」

私の問いかけにアルは目を大きく見開いた。それから鋭く目を細めて、先程よりも声を低くして私に問いかける。

「……ヴァンパイアを知っているのか？」

「……知ってたら、何か不味《まず》いの？」

逆に問いかけるとアルはまた黙ってしまった。けれど先ほどよりも私を警戒しているようだった。そんなに不味いことを聞いたつもりはないのだけれど……。

「ヴァンパイアなのに私を捕まえなくて良いの？」

「捕まえる……？」

「……もしかして、アルって私の知っているヴァンパイアとは別の部族のヴァンパイアだったりするの？」

「待て。そもそもアクリルはヴァンパイアを知っているのか？　それに部族だと？　つまりはヴァンパイアの集落のようなものがあるということか？」

「えっ、本当に知らないんだ……」

　驚き半分、安心半分だった。私は思わず胸を撫《な》で下ろす。この様子を見る限り、アルは私の知るヴァンパイアとは関係がなさそうだ。

　だったら逆に、私の事情はアルには話しておいた方が良いかもしれない。

「私が山を越えてきたのも、ヴァンパイアから逃げてきたから……」

「ヴァンパイアから逃げてきた？」

「元々いけ好かない奴等《やつら》だったけれど、そいつらに捕まって奴隷みたいに扱われてたの。だから逃げ出してきた。それが私がここにいる理由……」

　それが私が山越えまでした理由だった。それを伝えるとアルは険しい表情のまま、口元に手を当てて何かを考え込んでいる。

「……アクリルに聞かなければならないことが増えたようだな。お互い、知らないことが多すぎる。その摺《す》り合わせは必要なことだ。まず追っ手の心配はあるか？」

「……わからない。そもそも、アイツらがなんで私を捕まえたのかもわからないし」

「リカントとヴァンパイアは交流があったのか？」

「お互いの存在を知っているだけだよ。私たちは部族の間で争いにならないように、自分たちが決めた縄張りの中で暮らしてきた。だから互いに関わりを持たないの」

「興味深い話だな……リカントの他にも色々な部族があるということなのか？」

アルは私の話に興味を持ったのか、色々な質問を投げかけてきた。そうして質問をしている時のアルの表情は先程までよりも幼く見えたような気がした。

大人びていてとても冷静なアルと、好奇心に引かれて外見相応の楽しげな表情を見せるアル。そんな二面性を持つ彼に対して、私も興味が出てくる。

それから私たちは長いこと、お互いの暮らしや知識について話し合った。

アルの住んでいる〝国〟の名前はパレッティア王国。これはリカントの集落でいう部族の長《おさ》が〝王〟であり、その王を支える〝貴族〟がいて、その下に〝平民〟がいる。

パレッティア王国の領土はリカントの集落とは比べものにならない程に広くて、民の数も想像がつかないぐらいに多い。

だからこそ王の代理で、その土地ごとに治める長が必要であって、それが貴族と呼ばれているということは理解した。

アル曰《いわ》く、厳密に言うともっと複雑なのだけれど、私が理解しきれてないのでこの理解で良いと言ってくれた。

逆にアルはリカントの部族の在り方についてはすぐに理解してくれた。なんだかとても頭が良い人なのだな、と感心してしまう程だ。

お互いの事情をある程度説明しあった後、アルは満足げに頷《うなず》いてみせた。

「成る程、外部から見れば閉鎖的だが、内から見れば開放的で自然に身を委ねた素朴な生活をしてきたんだな、リカントというのは」

「パレッティア王国は……なんか、複雑なんだね？」

アルの話を理解しようとしたせいか、頭を随分と使ってしまった。長いこと彷徨《さまよ》っていたことも合わせて、疲労で眠気がじわじわと迫ってきたのを感じる。

「……好奇心が勝って無理をさせたようだな、部屋を用意するから今日はもう寝ると良いだろう」

「うぅん……別にいいよ。必要なことだったと思うし」

「そうか、では部屋を用意させるので少し待っていろ」

眠って良い、と言われると瞼《まぶた》を開けているのも億劫《おっくう》になってきた。

アルと話している内に、なんとなくアルなら信用しても良いと思えたからだろうか。

（ヴァンパイアなのに、私の知ってるヴァンパイアと全然違うからかな……）

考え事をしようとすると、更に眠気が迫ってくる。もう限界だと思って、目を閉じて机の上で組んだ腕を枕にする。

それからあっという間に私は意識を手放してしまうのだった。

＊＊＊

――血の匂いがする。

一面に血をぶちまけたような赤色に満たされた視界。吐き気が込み上げてきそうな程に充満した血の匂いが私の嗅覚を狂わせていく。

唸《うな》り声がする。悲鳴が聞こえる。耳を劈《つんざ》く絶叫が響き渡る。幾つも重なった声を聞いているよ頭がおかしくなってしまいそうになる。

その声に混ざって物音がする。あぁ、また来た。じゃあ、戦わないと。

――そうだ。ここでは、戦って、殺さないと、私が逆に殺されてしまうから。

だから私は、今日も殺す。血の匂いが取れなくなりそうな程までに、何度も――。

「――ハッ……ハァ……ッ、ハァ……ッ！」

勢い良く身を起こして、私は今の今まで眠っていたことを思い出した。

鼻がおかしくなってしまいそうな血の匂いもない。ぶちまけたような血の色も見えない。あるのは見知らぬ部屋と真っ白な寝具だけ。

ここがどこかわからなくて一瞬混乱しかけたけれど、眠りに落ちる前に出会ったアルのことを思い出して落ち着きを取り戻す。

(そっか、私、あれから寝ちゃって……ここがアルが言ってた私の部屋かな?)

すっかり気が抜けて、私は寝具に身を預けるように身体《からだ》を横にした。

柔らかな布団《ふとん》からはお日様のような匂いがした。肌に擦《こす》りつけるように身を揺するだけで温かくなっていくみたいだ。

夢の気配が遠ざかっていく。ここが安心出来る場所だと思うと、じわじわと涙が込み上げてきた。

「……良い匂い」

布団に顔を埋《うず》めて、身体まですっぽりと埋まる。その柔らかな感触と心地《ここち》好《よ》い匂いにぽろぽろと涙を零《こぼ》しながら目を閉じる。

ずっと彷徨ってきて、冷たい夜を越えてきた。ずっとそんな生活が続くのかと考えたこともあったけれど、アルと出会えた。

盗み食いのためにに入ったことは謝らないといけないけれど、アルと出会えて本当に良かったと思えた。

「……そうだ、アル」

目が覚めたけれど、リカントを詳しく知らないパレッティア王国の人たちの前で私が姿を見せるのはあまり良くないことだと理解はした。

かといってどうすれば良いのだろう。待っていればアルが来るのかな？

「アクリル、起きているか？」

「ひゃぁ⁉」

そんな事を考えているとドアの向こうからアルの声が聞こえてきた。突然のことだったので身体が驚いて跳ねてしまう。

「朝食を持って来た。部屋に入れてくれるか？」

「う、うん」

まだ胸がドキドキしているけれど、朝食と聞くとつい耳がピンと跳ねてしまう。

部屋の中に入って来たアルは、朝食を載せたトレイを私に手渡してくれた。

この部屋には机や椅子がないので、ベッドに腰かけて私は朝食を食べ始める。昨日食べたパンとスープとほぼ同じだけれど、それでも美味《おい》しいのだから気にはならない。

「美味しいか？」

「とっても！」

「そうか、作ってくれた者も喜ぶだろう」

「アルは食べないの？」

「私はもう食事を済ませてある」

「そっか」

アルと交わす何気ない会話。ヴァンパイアの奴等に捕まっていた時や、逃げ出した時には忘れてしまいそうだった日常の気配。

ここは温かい。アルがいてくれるからだろうか。この人が私を許してくれたから、この幸せを感じることが出来るのだ。

「アル」

「ん？」

「ありがとう」

そう言えばちゃんとお礼を言っていなかったなと思い出して、私はアルにそう告げる。

お礼を伝えられたアルは少しだけ目を丸くした後、微笑を浮かべてくれた。

そのやり取りだけで、また幸せの匂いが濃くなったような気がした。

7章　貴方《あなた》は美しい人

アルの屋敷で暮らし始めてから十日ほど過ぎた。

私は部屋から出ることが出来ないので、パレッティア王国で使われている言葉の勉強をしていた。

「やはり、アクリルの言葉はパレッティア王国の古語に近い。やや変形しているところはあるものの、ほぼ共通している」

「ふーん、そうなんだ」

アルと勉強している間、互いの常識を摺り合わせていた結果、そういう結論に至った。

「アクリルの言葉はリカントが昔から使っていたということだったな？　では、アクリルの祖先が私たちの祖先と同じ一族だった可能性もあるな」

「そういうものなの？」

「推測でしかないがな。しかし、これなら本なども読むことも出来るだろう。後で幾冊か持ってきてやろう」

「本？　珍しいものがあるんだね」

「リカントも本は持っていたのか？」

「うーん……リカントは基本的に他の部族とは関わらないけれど、それでも時々、物好きな変わり者が物々交換に来るの。本は好きな人か、長とかしか読まなかったかな。私はたまたま文字を覚えちゃったから読めるけど、別に好きじゃない」

「族長か物好きな人しか読まない、か……記録などは残さなかったのか？」

「記録？　昔のことは族長が語り継いでるよ。歌にして残すとか」

「文字を覚えるのが必須ではなかったということか……しかし、アクリルは文字を読めるんだな？」

「一回教えられたらだいたい覚えたから」

「……もしや、無自覚の天才といった類か？」

「？　なんか言った？」

「いや、何でもない」

アルと一緒に勉強をしたり、パレッティア王国の話を聞いたり、リカントの暮らしについて話すのは楽しかった。

だけれど……ある日、アルは私の部屋を訪れなかった。

「今日、アルは来ないのかな？」

アルは一日中、一緒にいてくれる訳ではない。訪れるのは食事の時だ。それからアルに時間があったら勉強を教えてくれたり、会話に興じていたりした。

アルが来てくれないとご飯も持ってきてくれないから困ってしまう。実際、朝食を食べてから次の食事が来るのがいつもより遅い。

「何かあったのかな……？」

この部屋の中にしかいないから、外がどうなっているのか私には一切わからない。

不安な気持ちが込み上げてくる。アルが来てくれないと、一人に戻ってしまう。それだけならまだしも、今でも悪夢に見るような光景に引き戻されてしまうのじゃないかと思うと胸を掻《か》きむしりたくなってしまう。

「……ん？」

不安になったせいか、いつもより感覚が過敏になっていたのかもしれない。だから私はその音を拾ってしまった。

耳を澄ませてその音を聞き取ろうとする。それは人の声だ。それも遠くから大声で何か喋《しゃべ》っているようだった。明らかに普段の会話で出すような声ではない。

「何だろう……？」

ダメだと思いながら、私はドアに近づいて開く。そうすると聞こえてきた声は更に鮮明になっていく。

それは怒声にも似た声だった。そして遠くから漂ってくる匂いも感じ取ることが出来た。その匂いは酷《ひど》く嗅ぎ慣れた匂いで、私は動揺するのを止められなかった。

（血の匂い……⁉）

どうして血の匂いが？　この声は一体何があったのだろう？　もしかして、アルに何かあったんじゃないか？

そう思ったら、もうダメだった。私は僅かに開いていたドアを大きく開けて、声の方へと駆け出した。

そこはこの屋敷の正面の入り口、そこに繋《つな》がる大きな広間だった。そこから漂ってくる濃い血の匂い、何やら指示をしている切羽詰まった声、そして見慣れた赤い色彩で染まった人が横たえられていた。

「――包帯を早く持ってこい！　応急処置を急げ！　傷の洗浄は私が行う！」

怪我人《けがにん》の側《そば》には、険しい表情と鋭い声で指示を下すアルがいた。

その服を血に染めるのも厭《いと》わず、アルは苦痛に呻《うめ》いている怪我人の治療に当たっているようだった。

アルが手を振ると何もないところから水が出てきて、怪我人の傷口の汚れを洗い流している。遠目から見ても、あれは縫合が必要な程に深い怪我だ。

でも人が足りていなくて、治療にまで手が回っていないようだった。

（治療に回れる人がいないの？）

怪我人の数が多いせいだろう。このままでは治療が間に合わなくて命を落としてしまう人がいるかもしれない。

呼吸が荒くなりそうで、必死に深呼吸する。久しく嗅いでいなかった本物の血の匂いと濃厚な死の気配に頭がクラクラしてくる。

違う、ここは私が捕まっていた地獄のような場所ではない。今、ここには怪我をしている人がいて、手当てをしなければならない。だけれど、その為《ため》の人が足りていない。

だったら、ここで今、私がやらなきゃいけないことは何だ？

「──アル！」

私がいるのは二階、アルたちがいる広間はその下の一階だ。私は二階の手摺《てす》りに手をかけて、そのまま一階へと飛び降りる。

アルが弾《はじ》かれたように私へと視線を向けて、驚いたような顔をしている。私は軽やかに着地しながら彼の側に駆け寄る。

「アクリル⁉　お前、何故《なぜ》部屋から出ている！」

「話は後！　手当てが必要なんでしょう？　私なら出来る！」

「何？」

「リカントは皆《みんな》、狩人《かりゅうど》！　怪我をした際の処置は子供の頃から教わってる！　手伝わせて欲しい！」

私はアルを真《ま》っ直《す》ぐに見つめながら言う。アルは驚き、困惑しながらも私を見つめる。

その見つめ合いは長くは続かなかった。アルの側で横になっていた怪我人が苦しそうな呻き声を上げたからだ。その声にアルが私から視線を外し、怪我人へと視線を戻す。

「……わかった。手を貸してくれ、アクリル。治療を施せる人が足りていないんだ」

「わかった！　まず怪我人を把握させて！　処置が必要な人から順番に治療する！　あと針と糸！　縫合用の道具があれば貸して！」

＊　＊　＊

アルから道具を借りて、処置が必要な人を治療して一息を吐《つ》く。

幸い、命や手足を失った人はいなかった。あとは安静にして、傷を悪化させなければ元通りになるだろう。

治療が終わった後、私はすぐさまアルに連れられて部屋に戻された。私を部屋に入れたアルは眉間に皺《しわ》を寄せて難しげな表情をしていた。

「……アクリル、今回の治療に手を貸してもらったこと、感謝する。だが、どうして部屋を勝手に出てきたんだ？」

「……ごめんなさい」

約束を破ってしまったことは事実だ。だからそこは素直に謝る。

「でも、何か騒ぎがあって、血の匂いもしたから……アルに何かあったのかと思って」

言い訳じみた言葉なのは自分でもわかっているから、どうしても視線が下がって俯《うつむ》いてしまう。だからアルがどんな顔をしているのかもわからなかった。

ぽん、と頭に手を置かれる。アルは眉間に皺を寄せた仏頂面《ぶっちょうづら》のまま、私の頭を撫《な》でる。明らかに頭を撫で慣れていない人の手付きだ。

「感謝はしている。だが、下手をしたらお前が更なる混乱を巻き起こす可能性だって考えられたんだ。軽率な真似《まね》は止《よ》してくれ」

「……うん」

「だが、良《い》い機会になった。アクリルが治療を手伝ってくれたから、お前に悪意があると見る者は少なくなるだろう。そうすれば部屋に閉じこめておく必要はなくなるな」

「本当に？　良いの？」

「ずっと閉じこめておく訳にはいかないからな。それに……」

「それに？」

「……お前には、帰る場所があるんじゃないのか？」

アルにそう言われて、私はリカントの集落のことを思い出してしまった。帰りたいかと聞かれたら帰りたいと思う。

でも、私はゆっくりと首を左右に振った。そしてアルを真っ直ぐに見つめる。

「私は受けた恩は忘れない。その恩を返し終わるまではアルの側にいる。それにリカントの集落がどこにあるのかもわからないし、探しに行くとしても今はまだ力が足りない」

「……そうか。それにしてもアクリルの治療は見事な手際《てぎわ》だったな」

アルは私の返答を聞いてから、話題を変えるように治療の話を振ってきた。それに私は頷《うなず》きながら言葉を返す。

「リカントは狩人の一族、常に自分たちの縄張りを守るために魔物を狩るのが生活の一部になってるから。あれぐらい、リカントだったら誰でも学ぶことだよ」

「そうか……より魔物と近い領域に住んでいる一族だからこそなのか。今回はアクリルに本当に助けられたな」

「ところで、あの人たちはどうしてあんな怪我をしてたの？　あれって魔物につけられた傷だったよね？」

「間引きのためだ。ここはパレッティア王国の中でも辺境だからな。魔物を狩る人手はいつだって足りてない。こうした怪我を負う人も少なくはないんだ」

「……ふぅん」

私の質問にアルが答えてくれるけれど、そこで私は一つ疑問を持ってしまった。

「ねぇ、アル」

「何だ？」

「人が足りてないのに、何でアルも戦わないの？」

アルの着ている服には血の汚れはついていたけれど、それはあくまで怪我人を治療する際についてしまった汚れだ。

匂いからしてアルは外に出ていなかった。つまりアルは戦うことをあの人たちに任せて、自分はこの屋敷に留《とど》まっていたということになる。

「それに怪我人の治療だって、アルがあの人たちに力を与えてればすぐ治る怪我だったと思うけれど」

「……力？」

「アルは、なんであの人たちを眷属《けんぞく》にしないの？」

私が知るヴァンパイアは、そういう種族だった。アルは彼等《かれら》とは関わりがないヴァンパイアだという話だけれど、ヴァンパイアであることには変わりない筈《はず》なのに。

それなら、あの人たちをアルの眷属としてヴァンパイアの一族の一員として迎え入れた方が無駄な怪我が減る。私はそう考えてしまう。

「パレッティア王国には私たちのような種族はいないって聞いてるけれど、それでも苦しい状況にあるならアルがあの人たちに力を与えてあげればもっと楽になるんじゃないかな？　って思ったんだけど……」

「……アクリルは、彼等をヴァンパイアに変えてしまえば良いと思ってるのか？」

「私の知ってるヴァンパイアはそうしてたから、そうしないのかな？　って思っただけだよ？　アルだってあの人たちを心配してたんでしょ？」

アルは私の言葉を聞いた後、頭痛を堪《こら》えるように眉間に指を添えた。それから暫《しばら》く黙り込んだ後、ゆっくりと口を開いた。

「……アクリル、お前をこの部屋から出て来ないように言ったのは魔物と間違われないためだと言ったな？　つまり、リカントやヴァンパイアはパレッティア王国では魔物と一緒と思われてもおかしくないんだ」

「でも、魔物じゃないよ？」

「何故、リカントとヴァンパイアは魔物ではないんだ？」

「何故って……だって違うもの」

「その違いをアクリルはわかってるからそう言えるんだろう。だが、パレッティア王国ではリカントもヴァンパイアもいないし、存在そのものが知られていない。だから魔物とは違うということがわからない人の方が多いだろう。だから魔物と同じように扱われて殺されてしまう可能性だってあるんだ」

「……そう、なんだ」

パレッティア王国ではそうなのだと言われると、正直何を言っていいのかわからなくなってしまう。

前に軽く説明はされていたけれど、改めて実感がなかったんだと自覚した。そんな常識は私の中には存在しなかったからだ。

「確かに彼等のことは心配している。ある意味で私のせいでこのような役目に就かなければならなくなっているからな。助けとなれるなら助けになりたいと思っている。だが私には何も出来ない」

「それは嘘《うそ》だよ。だってアル……結構、強いでしょ？」

普段の身のこなしを見ていると、アルは死角に対する警戒が自然と出来ている。他にも足の運び方とか、たまに見える腕の筋肉の付き方も鍛えている人のものだ。

その指摘するとアルは私へと視線を向けた。その眉間の皺はもう取れなくなってしまいそうな程に寄っている。そして何故か諦めたように溜息《ためいき》を吐いた。

「……リカントというのはそんなに洞察力に優れた種族なのか？」

「狩人だからかな？　集中力と観察力がないと森の中は危なかったし、魔物との実力差も測れないと命を落としかねない。だからアルが何もしないのが不思議なの。貴方《あなた》には確かに戦う力がある筈なのに」

私の問いかけにアルはすっかり黙り込んでしまった。

なんとなく聞いてはいけないことなのは理解していた。でも、だからって見なかったことには出来なかった。

アルは傷ついた人の手当てを一生懸命にしていたから。傷ついた人を本気で案じて、治療に全力を尽くしていた。だからアルにはもっと出来ることがある筈なのに、どうして何もしないのだろう？

どれだけアルは黙り込んでいただろう。かなりの間を空けてから、アルはゆっくりと口を開いた。

「別に何もしたくない訳ではない。私も魔物の間引きに参加出来れば皆の力になることが出来るだろう。だが、それは許されないのだ」

「許されない？」

「――私は罪人だからな。だから、この屋敷から出ることは許されていないんだ」

アルはここではないどこか遠くを見つめるような目になりながらそう言った。

その横顔を見ていると、まるでアルが儚《はかな》く溶けていく雪のように消え去ってしまいそうに思えて、私は手を伸ばして彼の手を掴《つか》む。

「アルの言う罪って何？」

「……言っても、君にはしっくりとこない話だと思うが」

「お互い、わからないことがあるのは当然だって言ったのはアルだよ。それでもお互いのことを知っていくのが大事なことじゃないの？」

私はアルを真っ直ぐに見つめながら問いかける。アルは暫く私から目を逸《そ》らして黙り込んでいたけれど、私がアルの手を離そうとしないから諦めたようだ。

私が掴んでいない方の手で髪を軽く掻《か》き混ぜて、溜息を吐いてから口を開いた。

「私は、裏切ったんだ」

「裏切った？」

「多くのものを裏切った。親からの期待、与えられた役割と責務、守らなければならなかった筈の人々。それはパレッティア王国そのものに対しての裏切りと言っても良い」

「……どうしてアルは裏切ったの？」

アルの言葉をそのまま鵜呑《うの》みにするなら、それはとても大きな裏切りだと思う。

でも、アルがそんな裏切りを望むような人にはとても思えなかった。だからこそ知りたくなってしまう。

アルは私の問いかけに何も答えない。そして暫く沈黙した後、ゆっくりと告げた。

「私は……俺は、憎かったんだ」

「……アル？」

「パレッティア王国を、父を、母を、国民を、あらゆるものを……憎んでいたんだ」

重く静かな言葉。冷たさと鋭さすらも感じさせるのに、アルの表情は凪《な》いでいた。

風が吹けば飛んで消えてしまいそうに、今にも掻き消えてしまいそうな頼りない火のように。

私にはわからない。わからないけれど……それでも。一体どんな心境になれば、そんな言葉が出てくるのか。そんな表情になるのか。

「……アルは、それが辛《つら》いんだね」

アルが今にも泣きそうなのはわかった。それなのに涙も零《こぼ》れず、泣いているともわからず、ただ途方に暮れるしかないように立ち尽くしている。

まるで泣き方を忘れてしまった人のようだ。それがアルに儚いと感じてしまう理由なのだろうと思う。

雪のように冷たくて、氷のように鋭い。でも、触れてしまえば消えてしまいそうな人。

苦しくて、辛くて、悲しくて、なのにそれを表すことを忘れてしまったかのようだ。

そんなアルを私は放っておけなくなってしまった。だって、その姿を見ているだけで胸が締め付けられるように痛んだから。

温《ぬく》もりがないと人は生きてはいけないのに、その温もりでさえも触れれば消えてしまいそうだ。それでも触れたいと、そう思ってしまったから。

「……アクリルに、何がわかると言うんだ？」

私が呟《つぶや》いてしまった言葉を聞いたのか、アルの冷たさと鋭さが増した。

拒絶されてしまっている。力を込めて振り払えば、あっさりと私の手は振り払われてしまうだろう。

それでも、アルは決して無理矢理私の手を振り払おうとはしない。

そっと私の手に自分の手を添えて、指を解《ほど》くように自分の手を離させる。その仕草一つで彼という人間の在り方を感じてしまう。

人を憎んで、嫌って、拒絶しているのに。自分に差し出された温もりを振り払うのにも優しさを感じさせてしまう。

あぁ、きっと。人を嫌いだと遠ざけようとするこの人は、本当は誰のことだって拒絶したかった訳ではないのに。それでも彼が人を遠ざけようとするのは、それこそ自分が罪人だと思っているからなのだろうか。

「何もわからない。でも、わからないから貴方を知りたいと思う」

私の指を解こうとするアルの手を、もう片方の手で包み込むようにして止める。

互いに両手を重ねたような状態で私たちは向き合う。アルは拒絶の意思を込めて、私は歩み寄りたいと願いを込めて。

「……何故《なぜ》、俺を知ろうとする？」

「貴方を知りたいから」

「何故、知りたい？」

「貴方の苦しみを理解したいから」

「理解して、何になる？」

「貴方の力になりたいから」

アルが息を呑《の》んだ。顔が歪《ゆが》みそうになったのを、顔を逸らすことで隠そうとする。

手が今度こそ振り払われ、私たちの間に距離が生まれる。……たかが一歩の距離、でも踏み出せない大きな溝がある。

「……余計なお世話だ」

「うん、そうだね」

「……そこで認めるのか」

「アルが心から望んでないのはわかるよ。でも、私が知りたいと思って、貴方の力になりたいと思うのは私の自由でしょ？」

「受け取る自由は俺にあると思うが？」

「押し付けるものではないよ、でも……もし、その気になったら受け取って欲しいかな」

それまで、ここにいたいと思えるようになったから。

「私は今、とても貴方に興味が出てきたから」

今にも儚く消えてしまいそうで、恐ろしい程の冷たさの下に温かな性根を隠した貴方。

受けた恩を返したい、力になりたい。そう思うのと同じ位、貴方という人を知りたいと望んでしまう。

そんな思いを込めてジッと見つめていると、アルが呆《あき》れたような目で私を見た。そして深い溜息を吐《つ》いて、眉間の皺《しわ》を指で伸ばしながら一言呟く。

「……誤解を招くようなことを言っている自覚はあるか？」

「誤解？」

「……俺は子供に恋愛感情を抱くようなことはない。もしそんな期待をしているなら止《や》めておけ」

恋愛？　アルが呟いた一言が咄嗟《とっさ》に頭に入ってこなかった。それは番《つがい》となり、夫婦となる者の間に芽生える感情のことであって……。

私がアルにそんな期待をしているように見えた？　その事実がようやく理解出来てしまい、顔に熱が上るのを堪《こら》えられなかった。

「ばっ、なっ、ちがっ、あと、子供じゃない！　勝手に誤解しないで！」

「……それなら良かったがな？　だが、子供は子供だろう」

「確かにまだ成人はしてないけど、子供じゃないし！」

「自分が子供じゃないと言い張る奴《やつ》ほど、子供だと思うがな」

「子供じゃないって！　もう、アルの馬鹿‼」

恥ずかしくなって私はアルを叩《たた》こうとする。けれど、アルが逃げたので当たらない。

「避けるな！」

「無理を言うな」

「うーっ！　アルの……ばーかっ！」

思わずアルを叩こうと迫ったけれど、あっさり逃げられたので悔しくて追い回した。

その時、アルがどんな表情をしていたのか、私は見ることはなかった。

＊　＊　＊

私が部屋を飛び出す事件があった日から暫《しばら》く過ぎた。

今、私は屋敷の中庭に出て洗濯物を干していた。洗い立ての洗濯物を干し終えて、風を受けながら僅かに揺れているのを見て満足げに頷《うなず》く。

「よし、これで終わり！」

「お疲れさん、アクリルちゃん。いつもありがとな」

私と一緒に洗濯当番をこなしていたオジさんが笑みを浮かべながらそう言ってくる。

オジさんに対して私も笑みを浮かべて返した。これが今の私の日常だったりする。

私が部屋から飛び出した数日後、アルから部屋を出る許可を貰《もら》った。屋敷にいる人たちに私の存在を報《しら》せて、危険がない存在だと周知したのだとか。

怪我《けが》の手当てをしたことで好印象を持ってくれたのか、屋敷にいる人たちは私を好意的に迎え入れてくれた。

ただ、年上の男性ばかりなので子供を扱うように可愛《かわい》がろうとしたりしてくるのはどうかと思う。もうそうやって可愛がられる年ではないと主張したい。

そんな話はさておき、自由に外に出られるようになった私はアルにある頼み事をしていた。それはこの屋敷でお仕事を貰うことだった。

今まで私はこの屋敷では客人でしかなくて、ご飯も食べさせて貰っているだけで何もしてこなかった。アルも私に何かして欲しい訳ではないと言っていたけれど、何もしないで過ごすのは落ち着かないのだ。

何せ私はアルに命を救って貰い、その上で住む場所や食べ物を与えて貰ったのだから。

せめて、その分の恩返しはしなければならない。

なので、私は屋敷の仕事を手伝えるようになってから私は必死に働いた。

私が頼まれたのは屋敷の掃除と衣服の洗濯、そして料理の手伝いだ。パレッティア王国ではメイドと呼ばれる人たちがやっている仕事なのだけれど、アルの屋敷にはメイドはいない。なので私が来る前までは自分たちでやっていたらしい。

そこで私の出番という訳だ。そんな事情もあって私の存在は皆《みんな》から歓迎されていた。

　この屋敷にはアルを含めて二十人ぐらいの人が暮らしている。

　彼等《かれら》は普段、屋敷で訓練したり、身の回りのことをこなしたり、交代制で森の見回りをしている。そして魔物の群れが大きくなる前に見つけたら討伐に赴く。

　この前の騒ぎはなかなか大きな魔物の群れを見つけたので、その対処で怪我人が出たという話だった。

　その話についても少し思うところがあるけれど、私がこの胸の内を明かすにはもっと屋敷の人たちの信頼を得てからすべきだと感じた。

　そして今、その時の判断は正しかったと思う。実際、屋敷の仕事を手伝うようになってから色々と見えてきたことがあった。

（アルって普段、屋敷にいる人たちとは顔を合わせないようにしているんだよね……）

　それは屋敷の普段の生活に触れるようになってから気付いたことだ。

　普段、屋敷の中を歩いていてもアルと一切遭遇しない。屋敷に住んでいる人たちもアルについて話題に出すこともない。

（それってアルが罪人だってことと関わりがあるのかな……）

　そんな事を考えながら屋敷の中を歩いていると、すっかり白く染まった髪の初老の男性が向かい側からやってきた。

「あぁ、アクリル嬢。洗濯の手伝い、ありがとうございます」

「クライヴ」

彼はクライヴ、この屋敷の管理を引き受けている人だ。そして、この屋敷の中で唯一、アルと直接話すところを見たことがある人だった。

年の功なのか、とても穏やかで物腰が柔らかい人だ。私の仕事もクライヴから頼まれることも多いので、彼と話す回数はとても増えていた。

「そろそろ昼食の準備を始めますので、お手伝いをお願いしても良いですか？」

「わかった」

今まで料理はほとんどクライヴが作っていたらしい。屋敷の人曰《いわ》く、何でも出来る人なので、クライヴがいないと屋敷での生活はもっと大変になっていたという。

だからこそ私はクライヴと仲良くしたいと思っていた。私の知りたいことを教えてくれるとしたらこの人だと思ったから。

そうして彼に狙いをつけてから、もうすぐ一ヶ月が経《た》ちそうだった。

（うーん、そろそろ聞いてみても良いかな……）

聞いてみて、もし渋った様子を見せたならもう少し時間を置こう。そう思いながら私はクライヴに問いかけた。

「クライヴ、聞いていいかな？」

「何でしょうか？」

「アルって何者なの？　アルは自分のこと、罪人だって言ってたけど」

昼食の準備が一段落したところを見計らって私はクライヴに問いかけた。

クライヴは私の問いかけに口を閉ざし、沈黙する。火にかけられた鍋が音を立てていて、その音だけが耳に届く。

「……アクリル嬢。昼食の後、お時間はありますかな？」

「教えてくれるの？」

「ええ、思ったより聞いてくるまで時間がかかったと思った程です。よほど慎重に警戒を解こうとしていたと見受けられますが」

「……気付いてた？」

「人の機微を察するのは得意でして。無駄に重ねた年の功ではありますがな」

むぅ、そう言われると少し負けたような気がして面白くない。唇を尖《とが》らせているとクライヴが小さく笑い声を零《こぼ》した。

「しかし、そこまで慎重にあの御方《おかた》の心に寄り添おうとしてくれたからこそ、あの御方も心を開き始めてるのかもしれませんね」

「……アルが？」

「もしも貴方《あなた》がお聞きになったら、その時は話しても良いと許可を得ております。少しばかり長い話になるかもしれませんが」

そう言ってクライヴは真《ま》っ直《す》ぐに私を見つめてきた。その目がまるで覚悟を問うかのように真剣なものだったから、私も表情を引き締めて頷いた。

＊　＊　＊

話をする場所は私の部屋になった。クライヴは話を始める前に紅茶を淹《い》れてくれて、私の前へと置いた。それから自分も向かいの席に座り、姿勢良く座る。

「まずはアルガルド様の立場からお話ししましょうか」

「アルガルド？　それってアルの名前？」

「はい。本名はアルガルド・ボナ・パレッティア。あの御方はこの国の王子なのです」

「……アルが王子。ということは、国王の子供ってこと？」

「はい。その通りでございます」

アルが王子だった。その事実には驚きつつも納得してしまった。

あの落ち着いた佇《たたず》まいは、確かにリカントの族長にも似た雰囲気があったから。

「将来は次期国王になる筈《はず》でした。本来、このような辺境で過ごすことがない御方です。その辺りの事情については、アルガルド様から何かお聞きしてますか？」

「はい。アルは自分が罪人だって……」

「アルガルド様は罪を犯しました。その為《ため》、次期国王になることは許されず、この地で過ごすことを命じられました」

「アルはこの国の次の長《おさ》になる筈だったのに、長になれなかった。そんな大きな罪を犯したの？」

私にはまだ国という規模の実感が薄い。どうしても自分の知る常識に当て嵌《は》めて考えてしまうからだ。

次の長になることが出来ず、家に閉じこもって外に出ないような生活をしなければならない罪と言われても、どれ程の罪なのか想像がつかない。

アルは一体、どんな罪を犯したのだろう？　どうして罪人になるようなことをしてしまったのだろう？　そんな疑問が湧いてくる。

私の疑問にクライヴは重々しく一息吐いてから、ゆっくりと話を続ける。

「アルガルド様の罪は、この国を己の物として支配しようとしたことです」

「……支配？」

「はい。自らの父である国王も、母である王妃も、貴族も平民も問わず全てをです」

「……アルがそんなことを？」

そんなの全然想像がつかない。今まで感じてきた印象からアルがそんなことを考える人には思えない。

だけれどクライヴが嘘《うそ》を吐《つ》いているとも思えない。私にとっては信じがたい話だとしても、これは本当にアルが犯した罪の話なのだ。

「アルガルド様は邪法に手を染め、パレッティア王国を混乱に陥《おとしい》れるところでした。そして国王となる資格を失い、この地へと追放されたのです」

「…………」

「……とても信じられない、という顔ですね。ですが、事実なのです」

「どうしてアルはそんなことをしたの……？」

アルが犯した罪の重さはわかった。だから次に気になったのは理由だ。どうしてアルがそんなことをしなければならなかったのか。

私の問いかけにクライヴは一度、語るのを止めてカップを手に取った。喉の渇きを潤すように紅茶を一口飲み、音もなくカップがソーサーの上に戻される。

「アルガルド様には、姉がおります」

「お姉さん？」

「はい。アクリル嬢は、この国では魔法が重要なものだということはご存じですか？」

「うん、アルから教えて貰《もら》ったよ。私たちは精霊の力って呼んでるけれど」

パレッティア王国は魔法が発達している国だ。私たち、リカントが精霊の力と呼ぶものをこの国の人たちはとても重要視している。

国の成り立ちにも魔法は深く関わっていて、貴族は先祖から受け継いだ魔法の力を民の為、国の為に使う。だからこそ貴族という特権を持っているのだと教えて貰った。

そして、その貴族の上に立つのが王族である。パレッティア王国を建国した初代国王から始まる、この国を統《す》べる一族。

「この国では魔法を使えるということが、魔法が巧みであれば巧みであるほど力の象徴として誉れ高いとされています。その中でアルガルド様の姉も注目を集める人でした」

「アルのお姉さんは優秀な魔法使いだったとか？」

「いえ、その逆です。アルガルド様の姉君は魔法をまったく使えませんでした」

「え……？」

思っていたこととまったく真逆のことを言われて、私は思わず困惑の声を上げてしまった。そんな私の反応にクライヴは目を細めつつ、話を続ける。

「だからこそなのでしょう。その姉君は異質とも言える才能を周囲に示したのです」

「異質……？」

「アルガルド様の姉君の名前はアニスフィア・ウィン・パレッティア様。あの御方は貴族でなくても魔法を使うことが出来る〝道具〟を生み出したのです」

「魔法を使える道具を……？」

「はい、その道具があれば王族や貴族しか使えない魔法を誰でも使えるようになります。それが平民だったとしてもです」

「……それは、凄《すご》いね」

リカントも精霊の力を身に宿しているけれど、パレッティア王国の魔法のようには使わない。私たちの精霊の力はこの身の力を強化することに長《た》けているからだ。

アル曰く、それは魔法使いで言うところの身体強化に近いらしいのだけれど。

だからこそ道具として誰でも魔法を使えるようにした、というのがどれほどの偉業なのか私でもわかってしまう。

「この国は男児が次の国王として優先されます。魔法を使えないアニスフィア様に王位が回る事は本来はあり得なかったのです。ですが、アニスフィア様は前代《ぜんだい》未聞《みもん》の技術を開発し、この国に大きな影響を与えたのです」

「凄い人なんだね……」

「ええ、凄い方でしたよ。……アルガルド様を押しのけ、アニスフィア様を次の王とするべきではないか、と言う声が出る程に」

「……それは、許されるの？」

「いいえ。望んでいたのは一部の人たちで、アニスフィア様も自らが王になる等とは考えていませんでした。ですがその影響力は無視出来ず、アルガルド様は決意を固めてしまったのでしょう……」

「お姉さんの影響力が強かったから、アルは力尽《ず》くで王になろうとした……？」

そこまで言われれば、想像がついてしまう。

本来、自分がなる筈だった立場。それが失われそうになったから強引な手段を選んでしまうのはわからない話ではないけれど……。

「もう少し細かな事情はありますが、国民ではないアクリル嬢には馴染《なじ》みが薄い話となるでしょう。今はその認識で構いません。……話を戻しますが、国を裏切ったアルガルド様の凶行を阻止したのはアニスフィア様だったのです」

「……つまり、そのアニスフィアって言うお姉さんがアルを苦しめたの？」

魔法を使えない、本来であれば王族として失格な王女。

それでも道具という形で魔法を誰でも使えるように開発してしまった異端児。

本来、王になるべきアルを押しのけてまで王になってしまうかもしれなかった人。

その人がアルガルドを苦しめていたのかと思うと、少しだけ憎らしいと思ってしまう。

でも、クライヴは悲しげに目を細めながらゆっくりと首を振った。

「アニスフィア様が望んでアルガルド様を苦しめた訳ではないのです。あの方はあの方なりにアルガルド様を想《おも》っておりました。悪いのは……そうですね、周りの大人たちだったのでしょうね」

「大人？」

「貴族というものは上に立つ存在故、贅沢《ぜいたく》を許されます。そして一度、贅沢を知ってしまえば人は更なる贅沢を求めたくなります。貴族であるならば、他の貴族に勝る富を。行き過ぎれば自らが王になることさえも。アルガルド様さえ利用して、自分たちの都合の良いように動かそうとした者たちがいたのです」

クライヴから聞いた話に私は信じられない思いで目を見開いてしまった。

自分の贅沢の為に？　その為にアルを利用しようとした人たちがいた？

「そんな……！　上に立つものが贅沢を享受するのはわかるよ。でも、それは果たすべき責任を果たしてるからじゃないの？」

「そうでしょうね。アクリル嬢の言っていることはとても正しいことです。その正しさを持てぬ大人たちが、アルガルド様とアニスフィア様の関係を引き裂いたのです」

クライヴの表情は刃《やいば》のように鋭くなっていて、思わず背筋に冷たいものが走り抜けた程だった。それだけ冷たい怒りを滲《にじ》ませながら、クライヴは拳を震わせている。

「子供の頃は仲の良い姉弟だったのですよ。アルガルド様も、アニスフィア様も。ですがアルガルド様は才能豊かな方ではないと評価されていて、その一方で誰も見たこともないものを作り上げられるアニスフィア様が陰で評価されていたのです」

深く息を吐き出して、クライヴはそこまで言ってから首を左右に振る。

「しかし、アニスフィア様の価値はパレッティア王国を治めてきた貴族には受け入れがたいものです。だからこそ二人を仲違《なかたが》いさせたい者たちがいた。それこそが利権を望む周囲の大人たちです」

「……じゃあ、アルがお姉さんに敵意を抱いたのは周りがそうさせたってこと？」

私の問いかけにクライヴは静かに頷《うなず》いた。それに私は怒りが抑えきれず、机を勢い良く叩《たた》いてしまう。机に置かれていたティーカップが跳ねて、甲高い音を鳴らした。

「そんなのアルが悪い訳じゃない！　アルが望んでお姉さんと仲違いしたかった訳じゃない！　そんな人たちがいたから悪いのに、なんでアルが罪人だって言われるの⁉」

クライヴの話が本当なら、周りにいた大人たちが贅沢をしたい為にアルを利用しようとしたということだ。とてもではないけれど信じられない話だ。

あまりにも理解出来なくて、理解したくもなくて、怒りで目の前がチカチカする。

そんな私の様子を見ていたクライヴは寂しげな微笑を浮かべていた。その表情を見ていると昂《たか》ぶっていた怒りが少しずつ落ち着いていく。

「ええ、仰《おっしゃ》る通りです。アルガルド様だけが悪いのではないのでしょう。多くの者に責任があって、そして皆が少しずつ間違ってしまった。ですが、それでもなのです」

「……それでも、それはアルの罪なの？」

「はい。それが王族、人の上に立つ者であるからこそ。勿論《もちろん》、野望に目が眩《くら》んで道を踏み外した者たちには相応の罰が与えられました。しかし、惑わされてしまった以上、アルガルド様もまた罪があるのです。王族だからこそ許されてはいけない罪が……」

「勝手に比べて、失望して、利用しようとして？　利用されたから悪いの？　アルの才能がなかったから悪いの？　そのお姉さんに才能があったから悪かったの？　こんな話があるの？　そうなれってアルに決めさせたのは周りの大人たちでしょ⁉」

「……何も言い返す言葉もございません。私たちはもっとアルガルド様が惑わないように寄りそうべきだったのです。だからこそ、なのです。アクリル嬢」

「……だからこそ？　何が？」

「どうか、アルガルド様のお側《そば》に居てあげてください」

「アルの側に……？」

「貴方《あなた》はこの国の民ではありません。アルガルド様が守らなければならなかった民ではなく、認められなければならない人でもない。貴方はアルガルド様にとってただの客人です。そして友人にもなり得ます。そんな人こそが、今のあの方には必要なのです」

クライヴは真《ま》っ直《す》ぐに私を見つめて、感情を込めるように僅かに声を震わせながら言葉を紡《つむ》いだ。

それだけ真剣な言葉に私は深呼吸をしてしまった。この真剣さにしっかりと向き合いたいと思えたから。

「クライヴも苦しいよね。でも、その頼みは叶《かな》えられるかわからない。それこそアルと話さないと。事情はわかっても、アルがどう思っているのか聞かないといけない。正直、私には何も出来ないかもしれない」

「無理強いはしません。身勝手な願いだとはわかっていますから」

「身勝手、か。……アルは、救われたいって思ってるのかな？」

「……それは」

「もしもアルが救いを望んでないなら、何を言っても救いにならないと思う」

「……それも、そうですな」

苦しげに、そして寂しげにクライヴは小さく呟《つぶや》いた。

私からすればどれも勝手な話にしか思えない。アルが罪人になってしまったのも、アルを救って欲しいという話も。

「クライヴの後悔も、アルを助けたいって気持ちも全部本当だと思う。でも痛みは消えないよ。なかったことにはならないし、しちゃいけないと思う。その上でアルが救われたいって思ってるなら、手を差し伸べるのはアルが口にしてからだ。アルが救って欲しいと言わないのなら、ただのお節介にしかならない」

周りがどれだけ言っても、最後に決めるのはその人自身だ。

だから選ぶのはアルであるべきだ。誰かの思いを、どのように受けとるかも全部。

「アルには、自分の気持ちを打ち明けられる人がいなかったのかもしれないね」

「……そうかもしれませんな」

「私がそうなれるかわからない、話は聞いてみるけどね。でも、それはクライヴに頼まれたからじゃない。自分でちゃんと確かめたいんだ。アルの気持ちを」

「アクリル嬢……」

「私は、救われたい人しか救えないよ」

それだけは絶対だ。周りがどう思おうとも、アルの心も人生も彼のものなのだから。

アルが誰かに救われたくて、手を伸ばして欲しいって言わないのならそこまでだ。望んでもないことまで押し付けるつもりは私にはない。

「それでも良いのです。いいえ、だからこそなのでしょう。どうかアクリル嬢はそのままでいてください。私は、ただ見守りたいのです。今度こそは。だから……」

クライヴは席を立ち、深々と頭を下げた。

「どうか、あの方に寄り添って頂きたいのです。アクリル嬢」

「……頼まれたからじゃないからね」

そう言って、私はティーカップを手に取った。口に入れたお茶は冷え切っていて、とても苦味が増しているように感じた。

＊　＊　＊

クライヴの話を聞いた後、私は居ても立ってもいられずアルの部屋を訪ねた。

外はすっかり夜で、窓からは月と星が瞬《またた》いているのが見える。それでもアルの部屋から人が起きている気配を感じたので、ドアをノックした。

すると、少ししてからドアが開いた。中から出てきたアルは私を見る。

「……アクリルか」

「こんばんは。ちょっといいかな？」

「……入れ」

アルは特に何も聞く訳でもなく、自室へと入れてくれた。

アルの部屋は随分と殺風景な部屋だった。ベッドに揺り椅子、備え付けのテーブル。それしか目立ったものがない。まるで生活感がない部屋に少しだけ寒気を感じる程だ。

「……お前にはその椅子は大きいか」

「小さくない」

「お前が小さいとは言っていない。まぁ、良い。ベッドにでも座れ」

アルに促されてベッドの上に座る。アルも二人分程の距離を空けてベッドに腰掛けた。

そうして並んで座ってから、アルは口を開いた。

「……ここを訪ねてきたということは、クライヴから話を聞いたのか？」

「うん……」

「そうか。……驚いたか？」

「え？」

「色々と伏せていたからな。本来であれば自分で告げるべきだったとは思う。だが、自分の口で語るとなると冷静に話す自信がなくてな。お前も直接聞いてこなかったから、結局クライヴに任せてしまった」

「……アルは聞いてほしそうじゃなかったから」

「それでも調べようとするのは諦めなかったんだな」

「……嫌だった？」

「最初はな。だが、私に直接聞いてこなかったお前に思うところがあったのは事実だ」

アルは目を閉じて、何かに思いを馳《は》せるように僅かに顔を上げながらそう言った。とても穏やかで、静かで、そのまま透明になって消えてしまいそうだ。だからアルから目を離せなくなってしまう。

「お前になら知られても良いと思えた。それでどうして欲しいのかまでは私にもわからないがな。ただ、アクリルには本当の私を知って欲しかった」

「本当のアル？」

「あぁ。……私は、ただのアルになんてなれなかった。私はアルガルド・ボナ・パレッティア。この国の未来を率いて行かなければならない王子だった。そして、それを全て放棄した罪人だ」

淡々とした声でアルは語る。感情すら感じさせない乾ききった声だった。

それでも薄《うっす》らと開かれた瞳には様々な感情が渦巻いていた。僅かに口の端を持ち上げた表情もアルの複雑な感情を表しているように見える。

声には出したくないのに表情には出してしまう。まるでちぐはぐなアルが壊れ物のように不安定に思えて仕方ない。

きっと隠したいのも本心で、でも隠せないのもまた本心だ。そのどちらもが本当で嘘《うそ》。自分で言うように、アルは本当に自分の望みすらもわかっていないのかもしれない。

「……夢中だったな。計画を立てた時は」

「国を支配しようとしたって話のこと？」

「あぁ、その時はとても魅力的に思えたんだ。ずっと、ずっと息が苦しかったから」

ぽつりと、思いを零《こぼ》すようにアルは静かに語り始める。

「求められるばかりで、応えられないばかりで、それでいて与えられるばかりで。まるで私という器だけがそこにあって、その器の中に私は入ってなくて、背後から見ているような気持ちだった。多くの物を与えられていたのにな。その全てが愛だったのだろう。地位も、豊かな暮らしも、婚約者も」

「……婚約者？」

「ん？　あぁ、話してなかったのか。王子ともなれば婚約者がいるものだ」

婚約者。その意味は言葉を勉強した時に知った。つまりは将来、番《つがい》になる筈《はず》の相手がいたってことだ。

……なんだろう。少しイラつくというか、ムシャクシャした気持ちになる。

「互いに気を許せるような関係ではなかったがな」

「……そうだったの？　将来の番の相手だったのに？」

「お世辞にも私は優秀とは言えなかったからな。国を任せるという大任に不安を抱いて、父上たちは優秀な彼女を私の婚約者に宛がった」

「じゃあ、その人は凄《すご》い人だったの？」

「私など比べものにならない程に完璧で、欠点など愛想《あいそ》がないことしか浮かばない。だからこそ、私は彼女を嫌悪《けんお》していた」

「嫌いだったの？」

「あぁ。彼女は私の手に余ったからな。一体、どちらの為《ため》の婚約者という話だ。彼女といると、どうしても自分が付属品のように思えて仕方なかった。そして、私はそれを理由に彼女に酷《ひど》い仕打ちをしてしまった。どんなに彼女が嫌いでも、それは後悔している」

「……やっぱり好きだったんじゃないの？」

「有り得んな。精々友人になれたかもしれない、という程度だろう。伴侶にするなんて今でも御免だと思っているよ」

そう告げるアルの口元は苦笑ではなく、穏やかな微笑へと変わっていた。

瞳を閉じて過去を思っているのか、その顔はどこか懐《なつ》かしげで楽しそうだ。

好きではない。でも友人になれたかもしれない。伴侶としてはお断りだと。

それでも二人は伴侶として結ばれなければならなかったのだとしたら……。

「……上手《うま》くいかなかったんだね」

「あぁ、そうだな。色々とな」

アルの声には複雑な思いを感じさせる響きがあった。

まるで擦れ違いだ。それなのに縫い合わされた形が歪《ゆが》んだまま、解《ほど》けることなく続いてしまった。歪《いびつ》な形になったものは戻らないのに。

「全てを受け入れられれば良かった。何も思わず、何も考えず、ただそれを幸福なのだと。それが自分にとって必要なことで、疑問を抱くことがおかしいのだと」

「……でも、出来なかったんだ」

「あぁ。……眩《まぶ》しかったんだ、あの人が」

「あの人？」

「姉上さ」

思わずどきり、と心臓を跳ねさせてしまった。

アルにとって無視出来ない人物。姉であるアニスフィア・ウィン・パレッティア。

その存在がアルの口から語られるとなれば自然と身構えてしまう。

けれど、私は思わず呆気《あっけ》に取られてしまった。その理由はアルの表情が今までにない程に穏やかだったからだ。

まるで宝物を取り出して眺めているような、そんな温かさすら感じられた。

「私は……あの人にずっと憧れ続けていたんだろうな」

「お姉さんに……？」

「あぁ。物心がついた時から、何かと姉上に振り回されていたからな。今でもよく覚えてる。二人でよく怒られた。無茶ばかりで、突拍子もないことばかりで。でも、それがなんだか無性に楽しくて……姉上の後ろをついて回るのが当たり前だった」

「アル……」

「あの頃が、一番自分らしく……俺が、幸せだったと言える時間だった」

アルは目を閉じて、噛《か》みしめるようにゆっくりそう言った。胸の中にある思いを確かめるように手を添えて。

「だが、姉上は俺を突き放した。今になって思えば、それも仕方ないことだったんだろう。俺が王になる為に、姉上は邪魔だった。姉上自身もそう考えてしまった。俺は本当に自分が求める人に手を伸ばすことが出来なかった」

それはどこまでも深い後悔だ。私は衝動的に叫び出しそうになってしまいながらも、言葉にならずに唇を噛んでしまった。

これは取り繕うこともしていないアルの本心だ。だからこそ、嫌になる程に響く。

「その果てに全てを裏切った。責務も、家族も、何もかも。これが罪と言わずに何と言うのか。俺は罪深い人間だ。許されていいなんて思えない程、空っぽな人間だ」

「──それは、違う！」

アルの言葉に、今度こそ思いがそのまま言葉として口から飛び出てきた。

視界が滲《にじ》む。アルの驚いたような表情が霞《かす》んでしまう。視界を邪魔する涙を拭いながら私は溢《あふ》れる思いを言葉にする。

「空っぽな人間は、きっと自分の何が悪いかとかそんなことを考えない。アルは空っぽなんかじゃない。ただ、自分の思いを口に出せなかっただけだよ」

「……何故《なぜ》、お前が泣いてるんだ。アクリル」

「綺麗《きれい》なものを見てしまったから」

「何？」

「アルの心は綺麗だ。そんな心が綺麗な人に出会えて良かったって」

「……理解出来ない。どうして俺の話を聞いてそんな風に思える？」

心の底からそう思っているのか、アルは困惑した表情でそう言った。

そんなアルに対して私は笑みを浮かべる。私もこんなにも穏やかになったのは初めてだ。

今の私の表情もアルには理解出来ないものなのだろうな。

「理由はね、私にもうまく言葉に出来ない」

「何なんだ、それは……」

「理由までわからなくてもそう思った。ただ、それで良《い》いんだ。……ねぇ、アル？」

私は笑みを浮かべ、涙を零すことも止めないまま問いかけた。

言葉には出来ないけれど、これが私がそう思う理由で、アルの中にある真実だから。

「──アルは、どんな人になりたかったの？」

たった、それだけの問い。でも、その問い一つでアルの表情は崩れ落ちた。

虚を突かれたように呆然《ぼうぜん》となり、そして次に表情を歪めながら胸を手で押さえた。

まるで、内側から溢れる思いを零してしまわないように。

「……俺は」

耐えようとして、けれどそれでも抑えられない思いを零すように呻《うめ》き声を零す。

そんなアルに私は距離を詰めて手を伸ばす。強張《こわば》ってしまった頬に手を添えて、囁《ささや》くように告げる。

「無理に言葉にしなくていいよ。それはアルだけのもの。私が言葉に出来てたとしても、きっと正しく形にならないから。でもね？　そこにあるものが私の理由で、アルにとっての真実だと思うんだ」

「……俺の、真実」

私が告げた言葉を噛み締めるようにアルは呟《つぶや》く。

するとアルは頬に触れていた私の手に自分の手をそっと重ねた。

「……俺は」

「うん」

「……姉上と一緒に歩いて行ける、そんな人になりたかった」

口にすることが出来た願いと共に、アルの瞳から涙が落ちる。思わず、頬を伝うその涙が綺麗だと思ってしまった。

「俺には夢も理想もなくて、何かを叶《かな》える力もなかった。ただ生きているだけの俺に、その素晴らしさを教えてくれたのは……姉上だった」

声が震えないようにしようとしていても、アルの言葉は震えを隠せていなかった。

それはきっと、何よりもアルの心が震えているから。

「姉上が見せてくれた夢が、俺には輝いて見えていた。だから、いっそ才能がないと言われるなら魔法なんて使えなくても良かった！　魔法が使えなければ姉上と一緒だった！取り柄とも言えないこれっぽちの才能で姉上が離れていくのなら！　俺を見てくれた、あの視線が逸《そ》らされるぐらいなら……俺は何もいらなかった！　俺が、本当に欲しかったものは、ずっとただそれだけで……！　――俺は、あの人の夢に憧れていたんだ」

アルの表情が、年相応のものになっていく。悔しくて、悲しくて、辛《つら》くて、その感情の重さにただ震えていた。

「俺は……姉上を傷つけるぐらいなら、王になんてなりたくなかったんだ」

「アルは、お姉さんの夢を応援する人になりたかったんだね」

「そうだ。……あぁ、そうなんだな。俺は、あの人の夢を応援したかったんだな」

ようやく気付いた、とそう言わんばかりにアルは呟いた。己の内にあるものを壊れ物を扱うかのように確かめている姿に私は耐えられなくなってアルに抱きついた。

背中に手を回して、しがみつくようにアルを強く抱き締める。

「アクリル……？」

「アルは泣いて良かったんだよ。なんで、どうして、ずっと、こんなになるまで泣いてこなかったの？」

空っぽなんて言ってしまう程に見落として、ようやく気付けたと言うアルが迷子の子供のように思えて仕方がなかった。

寄る辺もなく彷徨《さまよ》い続ける恐怖を、孤独を、悲しみを私は知っている。

アルの心はずっと、迷子のままで彷徨っていたんだ。その苦しみを思えば抱き締めずにはいられなかった。

「ここに、ちゃんとあるよ。アルの大事なもの、アルの心、アルが望んでいたもの、アルが本当に大事にしたかったものが……貴方《あなた》にとって美しいものがあるんだよ」

「……そうか。……そう、か」

噛み締めるようにアルは二度呟いて、そっと私に身体《からだ》を預けてくれた。

それから私たちは何も言わず、時間を過ごした。ただ、お互いの感情が落ち着くまで。

＊＊＊

そんな出来事があってから時は過ぎて、その日はやってきた。

アルの姉であるアニスフィア・ウィン・パレッティアがアルの屋敷を訪ねて来た。

あぁ、確かに似ているところはあるのかもしれない。その顔に血の繋《つな》がりを感じた。

でも、それだけだ。その要素すら好意的には見られなかった。どれだけアルに似ていてもアニスフィアは私の神経を逆撫《さかな》でした。

アルが迷子になってしまうぐらいに傷ついたのに、どうしてお前まで傷つけられたような顔をしているのか。

無視したい訳でもないのに、それでも言葉が出なくて触れ合うことを恐れているような半端《はんぱ》な態度が苛々《いらいら》してくる。アルと話していても、その離れた距離を決して埋めようとしない彼女に怒りを感じてしまう。

「――そういった経緯があって、アクリルにはこの屋敷に滞在して貰《もら》っている訳だ」

つい自分の感情を鎮《しず》めるのに集中していて、アルの話を聞き逃していた。

私の事情を説明していただけだし、別に聞いていなくても問題ないと思うけれど。

「成る程ね……そうなんだ。えっと、アクリルちゃん？」

アルの話を聞き終わって、アニスフィアは私に意識を向けた。

それすらも苛ついてしまう。どうして私を見る？　私に何か聞くより大事なことがあるんじゃないの？　それなのにどうして、さっきから目を逸らすようにアルを見ないの？

何か思っていることがあるなら言えばいいのに。私なんかより気にしないといけない人が目の前にいるんじゃないの？　そう思えてしまって仕方ない。

「私に話しかけないで」

「えっ？」

「私は、お前が嫌いだ」

嫌いだと告げられたアニスフィアは、驚きと困惑に満ちた表情を浮かべて私を見る。

その仕草も、表情も、どこかアルに似ている。だからこそ憤《いきどお》りが抑えられない。

「――お前が気にして、本当に向き合わなきゃいけない人は私じゃないでしょ？」

私にはわからない。そして、きっとこれから先もずっとわからないのだろう。

だって、アルの姉はお前だけなのだから。アルの思いも、願いも、全てを知って受け止めるのはお前じゃなければいけない筈《はず》だったんだから。

８章　姉と弟、繋ぎ合う心

見慣れない天井を見上げながら、私はぼんやりしていた。

ここはアルくんの屋敷の客室で、私とユフィに宛がわれた部屋だ。

アルくんと再会して、その屋敷に滞在しているアクリルちゃんがここにいる経緯や彼女の事情の説明を受けた後、彼女に話しかけようとしたら拒絶された。

それで話を続けるような空気ではなくなり、一度部屋で休みを取ることになった訳なんだけど……。

「……はぁ」

「大丈夫ですか？　アニス」

「そんなに心配しなくても大丈夫だよ」

「ですが……」

ユフィが何か言いたげな表情で眉を寄せている。恐らくはアクリルちゃんの態度に対して思うところがあるのだろう。

アクリルちゃんの私に対しての拒絶はそれだけ印象深いものだった。

アルくんが取り成してくれたから何も起きなかったけれど、あのままだったら何か問題が起きていたかもしれない。

それでもアクリルちゃんの態度はその場で捕らえられていてもおかしくない不敬な態度だった。

アクリルちゃんが見逃されたのは、彼女がパレッティア王国の国民ではなくて、常識が異なる生活に身を置いていたリカントだったからだ。

でも、だからといって私への態度に思うことがあるのもまた仕方ない。イリアやガックん、ハルフィスなんかはアクリルちゃんをすっかり警戒していたみたいだし。

その一方で困惑していたのはレイニとナヴルくん、そしてユフィだった。

「……態度はともかく、アクリルちゃんの言ったことは何も間違ってないからね」

私が向き合うべき人はアクリルちゃんではない。彼女は感情を剝《む》き出しにして私に叩《たた》き付けた。その言葉に私は反論の言葉が出てこなかった。

何せ自覚があった。未《いま》だにアルくんとどう向き合えば良いのかわからないままだから。

「……私がここにアニスを連れてきたのはカインドの一件があったからです」

ぽつりと、ユフィが口を開いた。その内容は私も予測していたことだった。

「それで気にしてたんだね」

「……はい」

ユフィが私をアルくんがいる辺境まで連れて来た理由、勿論《もちろん》表向きは視察だ。

その裏で、ユフィは私とアルくんを再会させたかった。自分が弟と和解する機会に恵まれたからこそ、私とアルくんのことが気に掛かってしまったのは想像に容易《たやす》い。

「アクリルちゃんは流石《さすが》に予想出来ない存在だったから、ユフィが気に病むことはないと思うよ」

「それは、そうなのですが……」

「むしろ、あれだけ嫌ってくれたなら逆に清々《すがすが》しい」

「清々しい……ですか？」

「皆《みんな》、私を嫌ってたとしても直接言う人はそんなにいなかったからね」

まだ私がキテレツ王女として疎《うと》まれていた時、多くの人が私に対して嫌悪《けんお》の目を向けていた。だけれど、その思いを決してわかりやすく言葉にすることはなかった。言ったとしても遠回しに嫌味としてだ。

「それに噛《か》みついても私の評判を下げるだけだったし、言ったところでどうにもならない。嫌いなんだろうな、と思って接するのと、ちゃんと嫌いだって言ってくれる人と接するのは違うんだよ。なんでだろうね、その違いを言葉にするのは難しいんだけど……」

だから私はアクリルちゃんの態度が気にならないし、むしろ好意的にすら感じているのかもしれない。

「まぁ、それでも嫌いって言われるのは堪《こた》えるけどね……その原因が、自分の行いのせいだとわかっていると尚更《なおさら》ね」

私がそう言うと、ユフィは尚更何とも言えない表情になってしまっている。

ユフィにこんな顔をさせてしまっているのも、私がアルくんと向き合えていないからだ。

アクリルちゃんが言っていることは本当に正しい。

外野が何をどう言ったところで、私とアルくんの間で決着がつかないと何も変わらないから。それをわかっているのに、どうして動き出すことが出来ないのだろう。

「……迷惑でしたか？」

ぽつりと、ユフィが小さく零《こぼ》した。そして自分で言ってから口元を押さえている。それは思っていても言葉にしてはいけない言葉だと思ったんだろう。

でも、聞きたくなってしまう気持ちもわかる。だから苦笑を浮かべてしまった。

「迷惑だとは思わないよ。覚悟が決められてないのは私の問題だ。焚《た》き付けたのがユフィであっても、そこにユフィの責任はないよ」

「……はい」

「ただ、どんな顔をすれば良いのかわからないんだよ」

アルくんとどう向き合えば良いのかわからない。どんな関係になりたいのか、どんなことを望んで良いのか。それが何もわからない。

そうして自分が一切定まらないまま、形にならない不安だけが残っている。

「……怖いんだ」

「怖い、ですか」

「またアルくんを傷つけてしまうのが、怖い」

私は、私であることを優先してアルくんを見捨てたようなものだ。

アルくんのことを一切考えていなかった訳ではないけれど、結局空回って、全て逆効果になってしまった以上、私はアルくんを見捨てたと言われても何も否定出来ない。

それに私はこの結末を知っていても、それでも自分を譲れなかったと思っている。もっと上手《うま》く立ち回ろうとは思うだろうけれど、私は私であることを譲れない。

「私は、アルくんのために魔法を諦めることが出来ない」

「……アニス、それは」

「どんなに言い繕っても、アルくんに対して見ない振りをした事実は変わらない。それを見捨てたって言われても、何も否定出来ない」

思わず自分の手に視線を落とす。開いていた手をそっと握って拳を作る。その手は少しだけ震えていた。

「……向き合いたいとは思う。でも、また向き合った時にアルくんを傷つけるのも、私が傷つくのも、全部、怖い」

形がわからなかった不安を言葉にすることで理解も進む。結局は怖いんだ。またアルくんと傷つけ合うようになってしまうことが。そうならないようにすればいいと思っても、そんな自信は持てないから。

「……あぁ、情けない！」

ぱん、と私は顔を挟むように両手で叩いた。

怖いものは怖い。それは仕方ない。でも、いつまでも逃げてたって変わらない。

それに私自身はともかく、アルくんは信頼が出来る。別れる前に仲直りの握手をしてくれたことを忘れてはならない。

だから踏み出すべきなんだ。いつまでもウジウジしていたって何も変わらない。

「ユフィ」

「はい」

「行ってくるね」

「……行ってらっしゃい」

ユフィが微笑《ほほえ》みを浮かべて、元気づけるように私の額にそっとキスをした。

少しくすぐったいのと、ユフィの温《ぬく》もりを感じて私も笑みが浮かぶ。そして意を決して私は客室を出た。

（まずはクライヴを捜すのが良《い》いかな。アルくんの部屋とか知らないし）

そんなことを考えながら屋敷の中を歩いて、クライヴを捜す。

けれど、クライヴを見つけるよりも前に遭遇してしまった人がいた。

それは偶然なのか、それとも必然なのか。私の目の前に現れた人は、私が会わなければならないと思っていたその人だった。

「アルくん？」

「姉上？」

ばったりと、廊下の曲がり角を曲がると目が合ってしまった。

互いに顔を見合わせて目を丸くしてしまう。覚悟は決めたとはいえ、心構えが十分ではなかった私は思わず硬直してしまう。

けれど硬直していたのはアルくんも同じだった。互いに顔を見合わせたまま固まってしまい、無言の時間だけが過ぎていく。

「……あ、あの、アルくん！」

そんな沈黙の時間が苦痛だったので、なんとか力を込めながらアルくんに声をかけた。

私が声をかけると、アルくんの硬直も解けたように動き始めた。

「……姉上、部屋を出て何を？」

「それは……その」

言おうと思うと唇が震えて、気が重たくなってしまう。どうして声を出すのにこんなに力が要るのか。もどかしくて堪《たま》らなくなる。

そんな臆病者の私の言葉をアルくんはただジッと待ってくれていた。情けない、こういう時こそ当たって砕けるのが私の筈《はず》だ！　思い切って言おう！

「アルくんと話がしたくて！」

思った以上に大きな声になってしまったけれど、伝えたいことは言葉に出来た。

恐る恐るアルくんの顔を見ると、アルくんは何とも言えない呆《あき》れたような表情を浮かべて私を見ていた。

「……はぁ、まったく、貴方《あなた》という人は」

「うっ……」

「……本当に、変わらないままだな」

アルくんは、ふっと力を抜いたように微笑みを浮かべた。告げられた言葉はとても穏やかで、優しい響きが込められているように思えた。

「……少し歩こうか、姉上」

「……うん」

私たちは一人分の距離を空けて歩き出す。アルくんが先導して向かった先は、この屋敷の中庭だった。

月は景色を見るには十分な明るさを放っていた。

中庭は最低限の手入れしかされておらず、華やかさはない。けれど、その中に自然に咲いたと思われる花があった。無秩序ではあるけれど、自然の力強さを感じることが出来るような気がした。

「……ここでの生活はどう？」

中庭をゆっくりと歩きながらアルくんに問いかけた。無難すぎる質問だったけれどアルくんは普通に返答してくれる。

「ゆっくり過ぎていくように感じるな。果たすべき役割もなく、関わらなければならない人もいない。案外、そんな生活が今の俺には丁度良かった」

「……そっか」

「そんな生活は、ある意味では貴方が過ごしてきた生活と同じではないか？」

「……言われれば、確かにそうかもしれないね」

「辺境か、離宮か。違いこそあっても似ていると、姉上に聞かれて気付いたな」

「本当は辛《つら》かったりしない？」

「いや、まったく」

ふと、アルくんは足を止める。アルくんの視線の先には元気に咲き誇る花々がある。

その場に膝をついて、アルくんは花に手を伸ばす。そっと撫《な》でるように花弁《はなびら》に触れているアルくんの横顔が少し見えづらくなった。

「姉上は、どうだ？」

「私？」

「ユフィリアが女王になったという報《しら》せを受けて驚いたが、納得もした。アイツは俺との約束を守ったんだな」

「え、ちょっと待って？　約束って何？」

「姉上を頼むと、そう願っただけだ。ただそれだけの話だ」

「……何それ、いつそんな約束したの？」

「さてな。それで、どうなんだ？　今の生活は快適か？」

「……息はしやすくなったかな」

「そうか」

アルくんは花を撫でるのを止《や》めて、そっと立ち上がる。その手には一輪の花が摘まれていた。

そして何を思ったのか、アルくんはその花を私の耳にかけるように添えた。あまりにも突然のことだったので、私はアルくんにされるがまま髪に花を挿される。

「き、急に何？」

「なんとなくだ」

「なんとなくって……」

「そうしたい、と思い、何も後先も考えずに動く。以前の俺には出来なかったことだ」

アルくんの手が離れていく。月明かりに照らされたアルくんの顔を改めて見る。

別れた時よりも、アルくんは成長していた。だからその顔が少しだけ大人びているようにも見えて、つい見つめてしまう。

そして大人びた他にも、そこには以前には見られなかった穏やかさと余裕が感じられる。

そんなアルくんを見ていると胸が引き攣《つ》ったようなひっかかりを感じてしまう。

「……改めて顔を見なければ気付けないことがあるものだな」

「姉上が元気そうで、ホッとした。俺は思っていたよりも姉上を心配していたらしい」

「……何ソレ、何言ってるのさ」

「ユフィリアが女王になったとはいえ、王位の継承については揉《も》めただろう」

「それはもう、すっごく大変だったよ。そして、きっとこれからもいっぱい大変だ」

「そうだろうな」

段々とアルくんと話すのに言葉が淀《よど》みなく出てくるようになってきた。

打てば響くように、私はアルくんと言葉を交わしていく。

「こんなに穏やかに言葉を交わせるものなのだな」

「……そうだね」

「……すまなかったな、姉上」

「え？」

「今になって己の行いを後悔している……と言ったら笑うか？」

アルくんは私を見つめながらそう言った。私はアルくんの顔を見つめて黙ってしまう。

何も言えない間に夜風が吹いて、アルくんが挿してくれた花が静かに揺れた。

「……笑わないよ。笑うなんて出来ない」

「そうか。……我ながら今更だとは思うのだが、姉上の顔を見てハッキリ自覚した」

アルくんは私から視線を逸《そ》らして、空に浮かぶ月を見上げた。

「ただ……理解したくなかったのかもしれない」

「……それは、どうして？」

「自分の罪の重さに潰れてしまいそうになるから、その重さを背負う覚悟を俺は持つことが出来なかった。だが無意識にはわかっていたんだ。姉上の顔を見て、ようやく向き合う覚悟が出来た」

遠い空の向こうを見つめながら、アルくんは少しだけ寂しそうな声でそう言った。

「本当はわかっていたんだ。俺から離れていこうとしたのも、自らの悪評をわざと立てるような振る舞いをしたのも、全て俺に王位を継がせるためだったことも」

「……でも、私はアルくんを見捨てた。私が魔法を追い求めて成果を出してしまったからアルくんを蔑む人が出てしまった。それは私のせいだ」

「――姉上は、俺を見捨てたかったのか？」

アルくんの問いかけに私は思わず息を呑《の》んだ。その真《ま》っ直《す》ぐすぎる問いかけにどう答えて良いのかわからなくなってしまう。動揺を落ち着かせるために胸を摑《つか》むと、バクバクと心臓が痛くなりそうな程に跳ねていた。

「……私は貴方を見捨てた。アルくんのことを何一つ考えられてあげられなかった」

「結果的にそうなったのと、心の底から俺のことなどどうでも良いと見限ったのは違う。姉上は俺が落ちぶれたことを喜んでいるのか？」

「――これが、喜んでいるように見える⁉」

ここで怒鳴っていい訳がない。それでも声が荒っぽくなるのを抑えられなかった。

アルくんが辺境に追放されて良かったなんて、そんなこと言える訳ない。追放される原因となってしまったヴァンパイア化だって、そんなの望んでいなかった。

そんなことをさせたかった訳ではないのに。でも、どんなに言い繕っても私がやってしまったことの罪の重さは軽くなる訳ではない。

「――なら、良かった」

なのに、アルくんは穏やかに微笑んでいた。まるで心から安心したというように。

「姉上だって必死だった筈だ。貴方はどうしても魔法を手にしたかったんだろう。姉上がどれだけ魔法を使えるようになりたかったのか、俺はそれを知っていたんだから」

「アルくん……でも、私は……！」

「わかってる、わかっていたんだ。お互い、どうしようもなかったんだ。あの時、仲違《なかたが》いせずにいたとして俺たちは上手《うま》くやっていけただろうか？　それは多分、無理だろう」

穏やかな笑みを浮かべたまま、アルくんは惜しむように目を細めて呟《つぶや》いた。アルくんとの距離が離れている訳ではないのに、それでも遠くに感じてしまう。

「考えてみれば、あのまま俺たちが仲違いせずにいたとして。貴方の夢を俺も一緒になって助けようとすれば姉上が暗殺されていたかもしれない。あの時、俺が姉上に近づくのを貴族たちが許す筈もない。そうなれば姉上は死んでいたかもしれない。俺に貴方を守る力なんてなかったのだから」

「それは、そうかもしれないけど……」

「もしくはマゼンタ公爵家の力を借りれば道はあったかもしれない。姉上とユフィリアがもっと早く出会い、皆《みんな》で手を取り合っていれば最善の結果があったかもしれない。振り返れば、そんな未来を選ぶ道もあったかもしれないと考えることが出来る。——だが、それは全てが終わった後だから言えることだ」

アルくんは自分の手を見るように視線を向けた。その手を握り締めながら、ゆっくりとその目を閉じる。

「俺は姉上に裏切られたと、突き放されたと思った。更に次期国王の責任や貴族の腐敗、国の歪《ゆが》みなどを目《ま》の当たりにしてしまった。言い訳になるが、それで歪まないでいられる程、俺は強くなかった」

「そんなの仕方ないよ。しかも、私はその歪みを更に酷《ひど》くしてしまったようなものだ」

「俺は、今でもその歪みは壊されるべきだったと思っている。だから貴方《あなた》が間違っているとは思えない。間違ってしまったのは、俺が選んだ手段だ」

アルくんはゆっくり目を開き、握り締めた拳を見下ろした。震える程に握り締めた拳は骨を痛めてしまうのじゃないかと心配になってしまう。

「仮にレイニと出会わず、予定通りに国王になっていたとしても、俺は国の歪みと向き合わなければならなかった。パレッティア王国の歪みは最早《もはや》末期的だったからな。新しく形を変えなければ末端までも腐ってしまうところだった」

「……アルくんは、レイニを、ヴァンパイアの力を利用してどうしたかったの？」

本当は聞きたくて、今まで聞けなかったこと。アルくんはあの計画が成功していたらどうするつもりだったんだろうって。改めてアルくんの口から聞きたかった。

アルくんは私の問いかけに黙ってしまった。そして暫《しばら》くしてから、ゆっくりとその口を開いた。

「主要貴族を抑えて、独裁を敷くつもりだった。そして政治の中枢を掌握して、腐敗した貴族たちを一新させる。……それから」

アルくんは一瞬、躊躇《ためら》うように言葉を止めた。それから静かに告げる。

「……貴方を呼び戻そうと思っていた。国の在り方を改革して貴族の権力を削るなら平民の地位を上げなければならない。姉上の魔学はその為《ため》の手段として何より効果的で、魔法に代わることが出来る力だった。だから政治の中枢を掌握した後で貴方も引き入れて国を改革するつもりだった。そして……」

「……そして？」

「――そして改革が進んで貴族が不要になったら……俺を含め、真実を知る者を全て消して後を託すつもりだった」

アルくんが告げたその言葉に私は息を呑んだ。思わず握り締めた拳が痛む。

「……アルくんは、私を憎んでたんじゃないの？」

問いかける声がどうしても震えてしまう。アルくんの考えていたことに声だけではなくて身体《からだ》まで震えだしてしまう。

「憎んでいたさ、本当に心の底から。どうして俺から離れて、俺を見捨てたのかって。そのくせどこまでも俺の邪魔をしてくるのだから、本当に心底憎たらしかった」

そこまで言ってから、アルくんは穏やかな表情を浮かべて首を左右に振った。

「だが、俺が姉上に向けた憎しみは、弱い俺自身への憎しみでもあった。そして俺と姉上を引き離し、姉上を認めなかった貴族と王国そのものへの憎しみでもあった」

「アルくん……」

「だから壊れてしまえば良いと思った。そしてパレッティア王国が誰よりも否定した姉上によって塗り潰されてしまえば良いと。……そうすれば、貴方は誰よりも自由になれるだろうと思った」

もう、言葉が出てこなくなってしまった。

改めて聞いたアルくんの気持ち。その気持ちを聞いて、私はどんな言葉を投げかければ良いのだろう?

言葉を無くした私を見て、アルくんは申し訳なさそうにしながらも微笑《ほほえ》む。

「本当に、すまなかった」

「……なんでアルくんが謝るの?」

「俺は憎しみで目が曇っていた。ヴァンパイアの力になんて頼らなくても道はあったんだと今なら思える。……姉上の言った通りだったな。俺が望めば、きっとユフィリアは力になってくれただろう。結局、俺はアイツの価値を魔法使いとしての力と、公爵家の地位でしか測れていなかった」

「……そうだよ、ユフィは凄《すご》い子なんだよ。私でもビックリするから……」

「あぁ、そうだな。……なぁ、姉上」

「何……？」

「俺は、本当はユフィリアのようになりたかった。今のアイツこそが、俺が本当に目指したかった王の在り方だった」

アルくんは寂しげに私を見た。遠くの景色を見つめるような視線が、まるで側《そば》にいる私たちの距離を隔ててしまいそうに感じるような目だった。

「──俺は、貴方の力になることが出来る王になりたかった」

「……ぁ」

穴が空いて漏れ出してしまったかのように、私の口から掠《かす》れたような声が零《こぼ》れた。

風の音が鮮明に聞こえてしまうのじゃないかと思う程の沈黙。それが逆に耳に痛い。

「姉上。もし俺が計画を起こす前に、貴方に助けて欲しいと、本当は貴方の夢を助けたかったんだと、そう言えたなら……俺は貴方と同じ道を歩めただろうか？」

アルくんを見つめていた視界が滲《にじ》む。零れ落ちた熱が涙だと気付いて、手で拭うもすぐに視界が滲む。何度拭っても視界が滲んで、息が苦しくなりそうだ。

もし、アルくんが事件を起こす前に私に助けを求めてきたら。

その問いに心はすぐに答えを出していた。けれど、言葉に出来ない。苦しくて、悔しくて、悲しくて、どうしようもなくて。今、泣き崩れることが出来たらどれだけ楽になるだろう。

「——助けるよ！　求められたら、助けに行ってたよ！」

ここで声を荒らげるのは卑怯《ひきょう》だ。なのに言葉が震えそうで、震えないようにしようとするとどうしても声が大きくなってしまう。

涙で相変わらず前は見えない。息は肩でしていないと苦しくて、目を固く閉ざしても涙が止まらないで落ちていく。

ああ、そう問われるなら返す答えは決まっていた。

——だってアルくんは、私の弟なのだから。

「そうか。……ああ、そうか」

アルくんの穏やかな声を聞いた。その声に私は涙を拭って目を開く。

アルくんは穏やかに笑っていた。心の底から満足だと言うように。

「その返事が聞けただけで、俺はもう大丈夫だ。姉上」

「アルくん……」

「馬鹿な弟ですまなかった。遠回りをして、進む道すら誤って、そこまでして漸《ようや》く気付く愚か者だ。そんな俺でも貴方はここまで来てくれた。これ以上、何を望めるだろうか」

「……ッ、でも、最初に、見捨てたのは……私だよ……！」

「それは嘘《うそ》だな。貴方は俺を見捨てたんじゃない。俺たちは漸くあの日から一歩進めたんだろう。俺と距離を取ることしか選べなかった貴方も、拒絶されたと思って捻《ひね》くれて願いを見失った俺も」

アルくんの手が、私の肩に置かれた。

今までずっと、アルくんとの距離を測りかねていた。物理的な距離ではなくて、心の距離が遠かった。きっと、互いに見失ってしまう程に。

その距離が今、縮まった。私がアルくんを突き放してしまった時から離れていた距離がなくなっていく。

「なりたい者になれないのは辛《つら》いと、俺はかつて貴方にそう言った」

「うん……」

「当然な話だ。なれる筈《はず》もない。なりたかった筈の自分すら見失っていたんだから」

「うん……」

「だから、姉上は凄いな。貴方はここまで来れたじゃないか。今、どれだけの人が貴方の夢や理想を待ちわびているだろうか。貴方は届いたんだ、見上げればそこにある星のように、多くの人が貴方の築く未来に期待しているだろう」

「うん……！」

「俺は貴方の夢と願いを心から祝福する。……ずっと、そう伝えたかったんだ」

穏やかなアルくんの声に心が掻《か》き乱されてしまう。

でも、いつまでも泣いてはいられない。私は目を擦《こす》るように涙を拭って、アルくんへと真《ま》っ直《す》ぐ視線を向ける。

「……へへっ！　私は、凄いでしょう？」

「……あぁ」

「凄く時間がかかって、色んな回り道だってしてきたのかもしれない。でも、来れたよ。ずっと否定されてきたばかりの私が、少しずつ色んな人に認められるようになったよ」

「あぁ」

「一生大事にしたい人にも、出会えたよ」

「あぁ」

「私はちゃんと幸せだよ、アルくん」

流れないでよ、涙。

震えないでよ、声。

届きにくくなってしまうから、どうか。

「でも、私の夢はこれからも続いていくんだ。辿《たど》り着きたいゴールはずっと先にあって、私一人じゃとてもじゃないけど届かない。ユフィを始めとして色んな人がこれからの私の道を一緒に歩いてくれる。だから諦めずにいられるんだ」

大きく息を吸う。身体の震えを止めて、最後に大きな粒の涙を落として拭いながらアルくんを見つめる。

「もう私の夢は私だけの夢じゃなくなった。アルくん、どうかな？　まだ、私と同じ夢を見たいと思ってくれてるかな？」

「……姉上」

「どんなに離れても目指す場所が一緒なら、同じ道を歩むことは出来ると思う。だから、また私の夢に付き合ってくれないかな？　アルくん。貴方の力を私に貸して欲しい。この辺境の地に眠る可能性を、貴方が私に届けて欲しい」

アルくんが私の肩に乗せていた手を取って、私は握手するように握り締める。

握り合ったお互いの手を見て、アルくんは暫《しば》し黙っていた。それからゆっくり目を閉ざしてから私の手を強く握り締めてくれた。

「俺は自分に夢を見たことはない。俺の周りには眩《まばゆ》い人がたくさんいた。だから俺は自分の能力を理解している。……ずっと、そう思っていた。そんな俺でも貴方《あなた》の力になれると言うのか？　姉上」

「貴方だから頼みたいんだ、アルくん」

「俺が、俺自身を信じることが出来なくても？　その期待に本当に応えられるか？　それだけの力があると、どうして貴方は俺を信じられる？」

「アルくんだから」

「……俺だから？」

「私に勝とうとするために普通の人間をやめようとすることも、国の全てを敵に回しても目的を果たそうとしたことも、やり方はどうかと思うけれど私だって覚悟を決めなきゃいけないと思わせた程だ。アルくんが無力なんてそんなことはない。私も、アルくんも、足りないからって諦めなかったんだよ」

「それは……」

「だからこう思えない？　私たちはやっぱり姉と弟なんだ。だから似てるんだよ」

「……姉上」

「どんなに辛くても、苦しくても、私たち、最後の最後で諦めきれない。だから私はアルくんのことを信じられる。貴方なら最後までやり遂げてくれるって、そう思えるんだ」

アルくんは私の顔を見つめながら何も言わなかった。

私はもう震えることも、涙を流すこともなかった。心の底から笑みを浮かべてアルくんと向き合える。

暫し見つめ合った後、アルくんがおかしくて堪《たま》らないとばかりに笑いを噛《か》み殺したような声を漏らした。

「……参ったよ。昔から貴方には本当に敵《かな》わないな。面倒なところだけは俺にやらせるつもりなんだろう？」

「えへへ、バレた？」

「バレるも何もないだろう。ここに住んでいるんだぞ？　確かにここには眠っている資源が多くあるだろうよ。それを活用出来るようにするだなんて、それこそ何十年単位の仕事になるだろう」

「凄く大変だと思う」

「あぁ、本当にな。俺だってそう簡単にそんな仕事を任せられる人が思い浮かばない」

「私はアルくんなら思い浮かぶよ」

アルくんは唇をへの字に曲げたけれど、すぐにおかしそうに笑い声を軽く零した。

掌《てのひら》で顔を覆った際、目の端を押さえていたように見える。それも一瞬のこと、すぐに手を下ろしてアルくんは私に笑いかけてみせた。

「姉上、どうか許しをくれ」

「……許し？」

「貴方に刃《やいば》を向けた身でも、もう一度、共に貴方の夢を望む厚かましさを」

「仲直りはもう終わってるよ、アルくん。私こそ許して欲しい。アルくんの力を借りたいって思うことを」

「あぁ。姉上がそう望んでくれるなら」

繋《つな》ぎ合った手で、お互いの存在を確かめ合って。

かつて何の憂いもなく過ごせていた日々を思い出すように、私たちは笑い合った。

9章　大いなる流れの中で

アルくんと話してから一夜明けた後、視察に訪れた私たちは再び顔を合わせていた。

昨日と違うのは、アルくんの側《そば》にはアクリルちゃんではなくてクライヴが控えていることだ。

「昨日は話の途中でお開きになってしまったので、改めてここに訪れた理由をお話ししたいと思います」

「……わかった」

まず話を切り出したのはユフィだった。それに対してアルくんはちらりと私を見た後、頷《うなず》いて話の続きを促した。

「既にご存じのこととは思いますが、私は王家に養子入りし、女王として即位しました。そしてパレッティア王国の女王として、アニスの魔学と魔道具の普及によって平民の地位や生活水準の向上を目指すつもりです」

「成る程。それで？」

「魔学の研究にも、魔道具の開発にも精霊石を欠かすことは出来ません。今以上に精霊資源を消費することになるでしょう。ですから、供給が足りなくなる恐れがあります」

「だからこそ、未開拓である辺境に目をつけたと」

「そうです。この辺境の地は最大の採掘地である北部の黒の森と条件が近しいです。今後、精霊資源の採掘地として発展させられる下地は十分にあります」

「言いたいことはわかるが、開発を行えるだけの余力はこの辺境には存在しない」

「それも理解しています。現在の辺境伯も慣例によって地位を引き継いだだけです。決して開発に意欲的になれる程の才覚を持っている訳ではないでしょう。そこで貴方の存在が鍵になります、アルガルド・ボナ・パレッティア」

「……何が望みでしょうか？　ユフィリア女王陛下」

「貴方が犯した罪に対して恩赦を出す代わりに、この地を開拓する先駆けとなって欲しい。功績次第では、貴方がこの辺境を治める次の領主となることも可能でしょう」

ユフィがそう告げると、アルくんは僅かに眉を跳ねさせた。そしてユフィをジッと見て黙り込んでしまう。

皆《みんな》の緊張が高まって、誰もがユフィとアルくんの動向を見守っていた。そんな緊張の中で動きを見せたのはアルくんだった。

「それが本当に許されるのか？　俺は父上に反逆しようとした身だ。そんな簡単に恩赦を出すとなれば黙っていない貴族たちもいるだろう？」

「では、その貴族たちが辺境の開拓を代わりに担《にな》ってくれると思いますか？」

「さて、それはどうだか。そのような物好きがいるなら見てみたいものだがな」

「では、鏡をご覧になるのがよろしいかと」

ユフィの返しに今度こそ、アルくんが眉間に皺《しわ》を寄せて睨《にら》むような目付きになった。対してユフィは涼しげにアルくんを見つめている。そんなユフィの視線に負けたようにアルくんが目を逸《そ》らして、額に手を当てながら深々と溜息《ためいき》を吐《つ》いた。

「随分と嫌味な奴《やつ》になったものだな」

「貴方に容赦してあげる必要がありますか？」

「ふん……」

あっさりと返してくるユフィにアルくんが面白くなさそうに鼻を鳴らしている。

「それで、どうなのですか？　恩赦を受け入れるのか、それとも否《いな》か。明確に返答を頂きたいのですが」

「わかってて聞いているのだから、本当に良《い》い性格になったな」

「ええ、それはもう」

「……その提案、心よりの感謝と共に受けたく思っております。そしてユフィリア女王陛下へ変わらぬ忠誠を捧《ささ》げることを誓います」

アルくんは席を立って、ユフィの前に跪《ひざまず》いて深く頭を下げながら宣誓した。

それは臣下として尽くすというアルくんの意思表示だろう。それを見たユフィは静かに頷いて、顔を上げるようにアルくんに告げる。

「アルガルド、貴方の謹慎を条件付きで緩めます。どうかこの地の発展のために、そしてアニスの魔学が発展するためにその力を尽くしてください」

「この身、果てることになろうとも誠心誠意お仕えすることを誓います」

「……貴方に畏《かしこ》まられると調子が狂いますので、私的な場では態度を崩して頂いて構いませんよ」

「そうか。俺としてはお前の嫌がる顔を見れるなら取り繕うことも苦ではないが？」

「……人の嫌がる顔を見たがるのなんてマゼンタ公爵で十分間に合ってます。そんな軽口も叩《たた》けない程に急《せ》かしてあげますので、早く成果を挙げてください」

「言われるまでもない。だが改めて感謝を伝えておく、俺への恩赦も、辺境の開拓を任せようと思ったのもお前の考えだろう？　誰のためとは指摘せんがな」

「言わずともわかるでしょう？」

「あぁ。だから感謝している」

「……いいえ、これで借りは返したということで。もしくは貸しにしても良いですが？」

「では、貸しにしておけ。倍にして返してやろう」

「期待しておきます」

互いにそう言って、ユフィとアルくんは不敵に微笑《ほほえ》み合った。

その様子になんとなくグランツ公と喋《しゃべ》っている時のユフィを思い出してしまう。

……もしかして、この二人は案外仲が良いのでは？　そう思ってしまうと面白くないと思う感情が込み上げてきた。

そんな目でユフィを見ていると、ユフィは目を丸くした後に何故《なぜ》か笑みを浮かべた。

それから私に顔を近づけて、頬に口付けを落とす。あまりにも自然で突然な動きだったので止める暇もなく、口付けされたと気付いた時には私の顔は真っ赤に染まった。

「ちょっ、ユフィ、人前で何をするのさ！」

「いえ、アニスが可愛《かわい》らしい顔をしていたので、つい」

「そ、そんな顔をしてないし！」

「……姉上、惚気《のろけ》るのなら場所を選んだ方が良いのでは？」

「アルくん⁉　いや、待って、悪いのはユフィでしょ⁉」

「ハッ、その女が俺の注意などに耳を貸すものか」

アルくんは何とも言えない表情で腕と足を組みながら、私を呆《あき》れたように見つめてそう言った。

他の皆も似たような反応で、目を逸らして何も見なかったと言わんばかりの反応をしていた。私はそんな空気に耐えきれず、プルプルと身体《からだ》を震わせてしまう。

「ユ、ユフィの……！」

「馬鹿と言うなら、もう何度も言われましたが」

「馬鹿なことをするから言ってるんでしょうが、もぉ――――っ‼」

まったく悪いと思っていなそうな顔をしているユフィに私は叫んでしまうのだった。もう次に人前で恥ずかしいことしたら、ベッドから叩き出してやるんだから！

「しかし、ユフィリア。開拓の先駆けになるのは良いのだが、流石《さすが》にこの屋敷の人員だけでは無理な話だぞ？　その点、何か国から支援はあるのか？」

「勿論《もちろん》です。それについても色々と話をしておきたいのですが……」

アルくんの疑問にユフィはすぐに頷いて今後の構想について話し合い始めた。

その話し合いにはナヴルくんとハルフィス、そして意外にもガックくんも加わって、話が進んでいく。

イリアやレイニはすっかりクライヴと一緒に給仕《きゅうじ》に回っていて、お茶の準備など進めている。

そして、領地の統治に関わる話となると疎《うと》い自覚があるので、話に置いていかれて若干気まずい私がいる。

ガッくんは辺境に近い地方出身としての意見を、ナヴルくんは騎士の立場からの意見を、ハルフィスが幅広い知識から意見を述べている。

それを纏《まと》めているのがユフィとアルくんだ。二人の議論は立て板に水を流しているかのように進んで行く。

……もう少し私も政治について勉強した方が良いのかな。そう思っているとアルくんに声をかけられた。

「あぁ、そうだ。姉上」

「ん？」

「この屋敷に滞在している俺の監視と護衛を兼ねている者たちなのだが、冒険者ギルドで契約を結んできてくれた者もいる。まだ本決定ではないが、この辺境で稼ぎを得る機会が増えるかもしれない。それについて冒険者からの意見も聞きたいと思うのだが、姉上から話を振ってみてくれないか？」

「それは別にいいけど……なんで私に？」

「中には姉上に世話になったという冒険者もいるんだ。それなら俺が話を通すより姉上から話した方が話に信憑性《しんぴょう》を持たせることが出来るし、印象も良いだろう？　まだ世間話という程度の話ではあるが、反応を確かめてくれると助かる」

「あぁ、確かに貴族から儲《もう》け話がある、それもアルくんから言われると、ユフィが恩赦を出したとしても簡単には進まないかもしれないね」

「そういうことだ。現場の意見を聞き取るのなら姉上が一番、親しみを持たれやすいだろう。だから貴方《あなた》が適任だ、頼めるか？」

アルくんはそう言って、苦笑を浮かべながら肩を竦《すく》めた。

その反応を見て私も苦笑してしまった。どうやら私の後ろめたさをアルくんに察されてしまったようだった。

だから私が出来る仕事として、冒険者たちから話を聞いてきて欲しいという話を振ったのだろう。そんな気遣いが出来るんだなぁ、アルくんは。

「じゃあ、少し席を外していいかな？　現地での話は私も聞いておきたかったしね」

「あ、じゃあ俺かナヴル様が護衛に……」

「いいよ、いいよ。こっちの話は二人の意見もあった方が詰められるでしょう？」

「……アニス、私も冒険者の反応が気になるのでお願いしても良いでしょうか？」

ユフィが少しだけ眉を寄せた後、すぐに取り繕うように微笑を浮かべて言った。アルくんが話題を振ったことでユフィも私の気持ちを察してしまったらしい。

だからユフィが気にしないように、と笑みを浮かべて私も返事をする。

「もしかしたら知り合いもいるかもしれないからね、挨拶がてら行ってくるよ」

手を軽くヒラヒラ振ってから、私はそのまま部屋を後にする。

（うーん、今出来ないことは出来ないんだし、気にしすぎて周りに心配をかけちゃダメだ。切り替えないと）

そう思いながら部屋を出てドアを閉めると、何かが勢い良く動いたような気がした。

その気配は廊下の曲がり角の方に向かっていったようで、私の視線もそちらに向いてしまう。そして視界の端に見えたのは灰色の尻尾だった。

「……アクリルちゃん？」

もしかして、中には入ってこなかったけれど中の話を聞いていたのかもしれない。

私は少し逡巡《しゅんじゅん》した後、アクリルちゃんが消えていった廊下の方へと歩き出す。

廊下を曲がってもアクリルちゃんの姿は確認出来ない。そのまま進んで行って、私は視界の死角になる物陰の方へと視線を向けた。

「そこかな？　そこにいるんでしょ、アクリルちゃん」

私が問いかけても何も返事はない。しん、と静まり返ったままだ。

「気配を消すのが上手《うま》いね。でも、逆にここまで気配を消すのが上手いと屋敷の中で浮いちゃうかな。あと尻尾が見えてるよ？」

「嘘《うそ》⁉」

「あ、尻尾は嘘。やっぱりいたんだね」

物陰から聞こえてきた声は間違いなくアクリルちゃんの声だった。

彼女は隠れていたことが見抜かれたのが悔しかったのか、顰《しか》めっ面《つら》のまま私の前に姿を現した。鋭い視線で私を睨む目、耳はぴんと立ち、尻尾もゆらりと揺れている姿はどこからどう見ても私を警戒している。

「流石に盗み聞きは良くないよ？　気になるなら入ってくれれば良かったのに」

「……アルが、今回私は部外者だからって」

「まぁ、パレッティア王国の政治の話だからね。アルくんの言うことは正しいかな」

「……随分気安くアルのことを口にするようになったな、お前」

好意的な感情なんて一切感じさせない声でアクリルちゃんはそう言った。そんな彼女の言いように対して私は苦笑が浮かんできてしまう。

「それは、アクリルちゃんのお陰かな」

「は？」

「ありがとう。アルくんと向き合えって言ってくれて」

お礼を伝えるとアクリルちゃんは理解出来ないものを見たかのような表情を浮かべた。

そのまま唸《うな》るような声を上げながら私を睨《にら》む。そんな様子のアクリルちゃんに私は笑みを浮かべ直しながら声をかける。

「良ければ少し話せないかな？」

「全然良くない」

「そこをなんとか」

「私はお前が嫌いだ」

「うん、知ってる」

「……お前、馬鹿か？　嫌いって言ってるんだぞ？」

「貴方が私を嫌っても、私はアクリルちゃんのことは嫌いじゃないから」

「ふざけてるのか？」

「ふざけてないよ」

明らかに苛々《いらいら》とした様子でアクリルちゃんが私を睨み続ける。

本当に私と会話するのが嫌なら離れることだって出来る筈《はず》なのに、彼女はそれをしない。律儀《りちぎ》な性格をしているのか、それとも……。

「アクリルちゃんは、アルくんのことが好きなの？」

「……なんでそんなことを聞く？」

「気になったから。私とアクリルちゃんは初対面でしょう？　それなのに貴方がそこまで私を嫌っている理由を考えたらアルくんしかないでしょ？」

「…………」

「黙るってことは図星かな？　アルくんの過去について色々と聞いた？」

アクリルちゃんの青い瞳に冷たさすら宿ったように見える。

その瞳の色のせいで、かつてのアルくんの瞳を思い出してしまいそうになって胸が少しだけ痛んだ。

「……お前は」

ぽつりと、今にも消えてしまいそうな程の声でアクリルちゃんが呟《つぶや》きを零《こぼ》す。何か言いかけて、でも言葉として纏まらないまま口元を動かしている。

だから私はアクリルちゃんの言葉を辛抱強く待つことにした。

「……お前は、何なんだ」

「……何が？」

「お前は嫌な奴《やつ》じゃなきゃいけないのに。それなのに、お前は変だけど嫌な奴じゃない。それがどうしても私には許せない」

「私が許せない、か」

「お前は、アルをどう思ってるんだ？」

アクリルちゃんの問いかけに私は思わず目を閉じてしまう。

少しだけ俯《うつむ》いて、心が乱れないように深呼吸で落ち着かせる。

「弟だよ。……出来れば、ずっと笑っていて欲しかった大事な人だった」

「──嘘だッ！」

アクリルちゃんが堪《こら》えきれない、と言わんばかりに叫んだ。毛を逆立てたかのように狼《おおかみ》の耳はピンと立っている。

「お前が、よりにもよってお前が！　アルを大事な人だなんて言うな！　大事な弟だって言うなら！　どうしてアルを助けてあげなかったのよ！」

「……うん」

私はアクリルちゃんの口から放たれた言葉を黙って受け止める。その言葉に胸がどれだけ痛んだとしても、それは受け止めなければいけない言葉だと思ったから。

「アルはずっと待ってたのに！　ずっと苦しかったのに！　どうして苦しみを分かち合わないの⁉　何のための家族なの⁉　苦しい時に側《そば》にいようともしなかったのに、どうしてそれでアルを大事な人なんて言えるの⁉」

「……そうだね」

「お前がただの悪い奴なら、今すぐにでもここから叩《たた》き出してやりたいのに！　それなのになんで、なんで……お前は悪い奴じゃないの？　アルは凄《すご》く辛《つら》い思いをしたのに、その原因はお前なのに！　気付きもしないで、助けもしなかったのはお前なのに！　納得がいかない……！」

……あぁ。思っていた以上に、痛いな。

アクリルちゃんの言葉が真っ正面から私を打ちのめす。

アルくんが辛い思いをしたのは、私が原因だ。そうだと言われても否定出来ない。

気付きもせず、助けることも出来なかった。それなのに私がアルくんを今更大事に思っているだなんて、虫の良《い》い話なのもわかっている。

「……納得がいかないよね、そうだよね」

「……なんで反論しないの？　アルのことが大事なんでしょ？　アルのことを思ってるんでしょう？」

「事実だから。全部、私とアルくんの間で起きてしまったことだ。誤解もない、間違いもない。全部その通りに起きたことで、アクリルちゃんが怒るのも当然だと思う」

「お前……！」

「でも、貴方もわかってないことがある。私はそれを貴方に知って欲しいと思ってる」

私はアクリルちゃんを真っ直《ま》ぐ《す》に見つめながら告げる。

私がアルくんを助けることも出来ずに傷つけたのは事実だ。でも、どうしてそうなったという話をするなら、ただ私が悪かったでは終わらせてはいけない。

「アクリルちゃんが言っていることが間違いだとは思わない。でも、唯一絶対の正解にすることは出来ないの」

「……何を言ってるんだ、お前。間違いじゃないなら正しいってことでしょう？」

「アクリルちゃんは、それで生きていける世界で過ごしてきたんだね。だから理解が及んでないんだよ」

「……何が言いたいの？」

「アクリルちゃんはどれだけパレッティア王国のことを知っているかな？　ここは貴方が過ごしていたリカントの里ではないの。そして、場所が変われば色んなことが変わってしまうもの。だから正解も必ず同じものになるとは限らない」

「……何が言いたい？」

「常識が違うとね、こうやってすれ違ってしまうのが増えるってことなんだよ」

アクリルちゃんは今にも私に飛びかかってきそうな目で睨んでくる。

間違いなく怒ってはいるけれど、怒りに身を任せて飛びかかってくるような迂闊《うかつ》なことはしない。

律儀で真面目で、それでいて警戒心も強く思慮もある子だ。もっと多くのことを知れば、その知識を活用出来る素質を持っている。

でも些《いささ》か正直過ぎるというか、真っ直ぐな気質をしているところと噛《か》み合っていないのが欠点と言えば欠点かな。

思わず期待をしてしまう。だからこそ私はアクリルちゃんに声をかけた。

「アクリルちゃん、良ければ私と手合わせをしない？」

「……手合わせ？」

「貴方《あなた》にならそっちの方が話が早そうだし。うん、伝えたいことがあるんだ。知って欲しいこともある。その為《ため》にこれが一番手っ取り早いと思う。だから、どうかな？」

アクリルちゃんは訝《いぶか》しげな表情で私を睨んでいたけれど、私が真っ直ぐ見つめていると渋々ながら頷《うなず》いてくれた。

そんなアクリルちゃんの態度に私はつい笑みを浮かべてしまうのだった。

＊＊＊

アクリルちゃんと一緒に中庭へと出た。アクリルちゃんはいつも使っているという槍《やり》を持ちだして、私と相対するように立っている。

「おいおい、あれってもしかしてアニス様じゃねぇか？」

「本当に来てたのか。でも、なんでアクリルちゃんと手合わせしてるんだよ？」

野次馬をしている冒険者たちが周囲でそんな会話をしているのが聞こえてきた。

彼等《かれら》は野次馬半分、心配半分で私とアクリルちゃんの手合わせを見に来たらしい。特に見せて困るようなことでもないし、そのまま放置する。

「方式は実戦形式、但し致命傷を与えるような攻撃はなし。多少の怪我《けが》は大目に見るということで良いかな？」

「……手合わせでしょ？　それぐらい言われなくてもわかってる」

「うぅん、先にこう言っておくことが大事なんだよ。私はこの国の王族、そして女王の姉という立場だからね。先にそう決めておかないとアクリルちゃんが王族を害したという罪で捕まえられる可能性があるんだ」

私がそう言うと、アクリルちゃんが顰《しか》めっ面《つら》になってしまった。まるで面倒臭い、とでも言いたげだ。その気持ちはわかってしまうから、私も苦笑を浮かべてしまう。

「どうしてそういう決まりが出来るのか、アクリルちゃんにはピンと来ないかな？」

「………………」

「無言は肯定と取るよ。そうだね、それだけ王族の立場というのはパレッティア王国では守られなければならなかった。私も、アルくんもね」

「ただお喋《しゃべ》りするために手合わせなんて言い出した訳じゃないでしょ？　さっきからペラペラと……うるさい！」

アクリルちゃんは苛立《いらだ》ったようにそう言ってから大地を蹴った。

アクリルちゃんは素早い動きで私の周囲をぐるりと回りながら、死角を突くように槍を振るう。迫ってきた槍の穂先、それをセレスティアルで叩き付けるように弾《はじ》く。

「ッ⁉」

「見えてるよ」

「チィッ！」

すぐさま槍を構え直して、叩き付けるように槍を振るうアクリルちゃん。今度はそれを下から切り上げるように弾き飛ばす。

手に伝わる衝撃が重たい。けれど表情を歪《ゆが》めているのはアクリルちゃんの方だ。どうやら単純な力だけで言えば私の方が上らしい。

「群れの長《おさ》になる条件って何だと思う？　アクリルちゃん」

「……ッ、真面目に、戦え！」

「強いこと？　必要だね。賢いこと？　それも必要だね。長になるって凄く大変だ」

アクリルちゃんが二度も攻撃を弾かれたことで警戒したのか、少し距離を取った。

私も構え直しながらアクリルちゃんに向けて更に言葉を重ねる。

「パレッティア王国の長、国王になるってそれだけ大変なんだ。それでも誰かに代わるなんてことは簡単には出来ない。私たちは王族に生まれてしまったから。だから強くならなきゃいけない。賢くならなきゃいけない。誰からも認められるようにならなきゃいけない。そうしないと誰も従ってくれなくなる」

「……それが何だって言うの？」

「アルくんのこと、知りたいと思ってたんだけど。違う？　これがアルくんが背負っていたもので、本来であれば私も背負わなきゃいけなかったものだ。だからよくわかってる。投げ出すことなんて許されない王族の責務の重さを。それを全部、アルくんに押し付けてしまった。でも、そうしないとアルくんがもっと酷《ひど》い目に遭っていたかもしれない」

「……何？」

「長であるなら強くあれば良い、賢くあれば良い、誰からも認められれば良い。だから、その条件が満たせるなら別の人でも良い。……アクリルちゃんはそう思わない？」

「それは……そうね。そう思うわ」

「でも、それでも私たちは簡単には代われない。強さも、賢さも、認められるには大事。でも、パレッティア王国で王に認められるためにはそれだけじゃ足りないの。必要なのは歴史だった」

「歴史……」

「魔法使いであるということ、魔法という力を以《もっ》てして国に安寧と発展をもたらせること。それがパレッティア王国で長として認められる条件で、この才能は血筋によって受け継がれてきた。私の、そしてアルくんの身に流れる血がある限り、私たちは王族を辞めることを許されなかった。皆《みんな》が従っているのは、この血に積み重ねた歴史なのだから」

私がそう言っても、アクリルちゃんは怪訝《けげん》そうな表情を崩さない。そんなアクリルちゃんに苦笑しながら、私は言葉を続けた。

「意味がわからない？　じゃあ、そうだな。アクリルちゃんにわかるように言うなら……アクリルちゃんはリカントだよね？」

「そうだと言っている」

「リカントであることに誇りを持ってる？」

「当然だ」

「もし、次の長がリカントじゃなくてもいいって言われたら？　全部風習も変えて、他の種族とどんどん交ざってリカントであることを捨てようって言ったら従う？」

「……そんなのリカントじゃない。だから従いたくないし、その必要もない」

「そう。アクリルちゃんがリカントであるように、私たちも魔法使いでなければならなかったの。そうでなければ誰からも長として認められない。もし、そんな認められない人が長になってしまったらどうなると思う？」

私の問いかけにアクリルちゃんはピクリ、と肩を跳ねさせて動きを止めた。少し悩んだように口を閉ざして、間を取ってから発言した。

「皆、バラバラになる」

「正解。……私たちはバラバラになってしまう手前だった。色々なことがあって、色んな人が悩み苦しみながらそうならないように頑張ってた。それでもパレッティア王国に住む人の数は多くて、考えは一つに纏《まと》まらない。誰もが自分の思う良いことを成し遂げようとしていた」

私はそこで一歩大きく踏み込んで、自分からアクリルちゃんに攻撃を仕掛けた。会話に耳を貸しながらもアクリルちゃんは構えを取って、私の一撃をいなした。たった一合、されど一合。

やっぱりこの子は並大抵の実力者ではない。なろうと思えばすぐにでも、冒険者として最高峰の金級《ゴールド》に昇格することだって出来るだろう。

そんなアクリルちゃんの実力の高さに笑みを浮かべながら、更に言葉を投げかける。

「私はアルくんを助けられなかった。……もし助けようとしていたら私かアルくんのどちらかが殺されていたかもしれなかったから」

「⁉　それは、どうして⁉」

「邪魔だったんだよ、私がパレッティア王国にとって」

私はセレスティアルに魔力を込めて、魔力刃《まりょくじん》を展開する。一気にアクリルちゃんがいる距離まで伸びた刃をアクリルちゃんは獣の勘と言わんばかりの反応速度で回避する。

紙一重の回避に背筋がゾッとしたのか、アクリルちゃんが先程よりも距離を取って警戒している。

「凄《すご》いでしょ？　これが私の作った魔道具、誰でも魔法が使えるようにした道具だ」

「……それは聞いてる」

「そう。なら話は早いかな？　この力は誰でも使える。本来、魔法の力は貴族にしか使えない。民を守ることを約束する代わりに、対価として贅沢《ぜいたく》を許されていた貴族には私の発明は認めたくないものだったんだ。だから私はアルくんの側《そば》にはいられなかった」

「……アルが貴方と同じように貴族の敵になるかもしれなかったから？」

「私の味方をしていたら、貴族を敵だと思ってなくてもそう思われていたかもしれない。だから私たちは距離を置くべきだと思った。……それが正しいと思っていた。でも、結果はアクリルちゃんも知っている通りになった」

「……本当にアルのためだったの？　アルのために離れようとしたの？」

アクリルちゃんの静かな問いかけに、私は唇を一文字に引き結んで首を左右に振った。

「アルくんのため、それだけだったとは言えない。一番良かったのは、私が魔法を諦めて夢を捨ててしまうことだったのかもしれない。魔学という道を進まず、魔道具なんて作らなければ良かったのかもしれない。――でも、それは出来なかった」

この夢と願いを捨ててしまったら私には何も残らなかったから。そこで諦めてしまったら、ただのお荷物の王女として生きていく以外に道がなかった。

それは私の死だ。生きている意味なんか見出《みいだ》せない、いつ自分で命を絶っていてもおかしくない、息をしているだけの屍《しかばね》だ。

「私とアルくんはお互いに争っていた訳じゃない。私たちが争っていたのは、パレッティア王国という長く続いた国の歴史そのものだった」

「歴史そのもの……」

「襲ってくる獣とは違う、形のない敵。その中で私たちはそれぞれ道を選んで、互いの道を譲ることが出来なかった。そして私はアルくんと敵対してしまった」

私は新しい魔法を認めさせようとして、アルくんは既存の魔法によって支配された国そのものを破壊しようとして。手段は違えど、国をどうにかしたいのは一致していた。

「アルくんがヴァンパイアになることを選んだのも、そのせいなんだ」

「ヴァンパイアの力があれば、国を支配出来るから？」

「そうだね。でも、それは人から自由と意志を奪う行為だ。幾らその願いの先にある結末が正しいのだとしても、私はそのやり方を認める訳にはいかなかった。そして、アルくんを退けたなら、私がその代わりを果たさなければいけなかった」

魔法によって繁栄し、守られてきたパレッティア王国。そんな国から魔法を奪い去ってでも、私は王にならなければならなかった。

それがアルくんを退けた私の責任だと思っていた。国を壊すことになるとしても果たさないといけない責務だと。国を背負う覚悟を、私は間違いなく固めていたのだ。

「私はユフィに助けられちゃって責務を一人で背負う必要はなくなったんだけどね。でも、そうだね。それが出来るならどうして、って思っちゃうよね」

「……お前」

「それなら、どうしてアルくんを助けなかったんだって責められても仕方がない」

自分で口にした筈《はず》の言葉なのに、胸に刃《やいば》を突き立てたような痛みが襲ってくる。

「――私がアルくんを助けられなかったのは簡単な話だよ。私は弱かったんだ」

――〝架空式、竜魔心臓《ドラゴン・ハート》〟

意志を込めて、背中の刻印紋からドラゴンの魔力を引き出す。

周囲の空気を塗り替える程に、その存在を誇示するように私は魔力を解放した。

「――ッ⁉」

アクリルちゃんの狼《おおかみ》耳がピンと立ち、逆立った毛が一気にぶわりと広がる。

一歩、後ろに下がってしまいながらも私から目を逸《そ》らせないといったようにアクリルちゃんは私を見ていた。

「……私が怖い？」

「……お前、何だ？　お前、本当に人間か……!?」

「……もう、どっちなんだろうね。でも、どっちでも良《い》い。よく見て、よく感じて」

怯《おび》えを必死に隠し、私にのまれまいとしているアクリルちゃん。私はそんな彼女を見つめながら向き合う。

「これが私、これが私の力、これが私の強さ。――こんな力があっても、私はアルくんを救えなかった」

もし、もっと早くドラゴンの力を手に入れられたらアルくんの考えを変えることが出来ただろうか？

思わずそんなことを考えてしまう。むしろトドメを刺してしまって、更に状況を悪化させていたかもしれない。私が危険視されて殺されていたかもしれない。

でも、そんな想像が現実になることはない。過去に戻ることなんて出来ないから。人は生きている限り、前を向いて進んでいかなければならない。

「この力があっても倒せない、勝てない敵がいる。それが私やユフィ、アルくんが戦わなければならない敵。この力も欠かせない、でもそれでも足りない。強さも、賢さも、もっと多くの力がいる」

「……ッ！」

「……アルくんは私を許すと言ってくれた。私に許して欲しいと願った。今度こそ同じ道を進もうって言ってくれたんだ。でも、そんなの簡単な道じゃない。私もアルくんもそれを知ってる」

一人ではどうすることも出来ないんだ。一人だったら時代の波に抗《あらが》って留《とど》まるぐらいしか出来ない。

でも、私にはユフィがいる。イリアも、レイニも、多くの人たちの顔が浮かんでは消えていく。共に歩めるからこそ、私たちは歴史という強大な敵に立ち向かっていける。新しい時代を築いていくために。

「私は進みたい道が、進まなければいけない道がある。だからアルくん〝だけ〟を守ってあげる訳にはいかない。それに、今のアルくんが求めてることじゃない」

私の夢を、願いを手助け出来るような人になりたいとアルくんは言ってくれた。

アルくんが私の夢を応援してくれると言うのなら、私だってアルくんがそんな人になれるように応援するべきだ。

「アルくんはこれから、この辺境で人が暮らして生きていけるように切り開いていかないといけなくなる。魔物との戦いがずっと続く日々になると思う。私はずっと側にいてあげられない。これだけの力を持っていても、アルくんのためだけに私の力は振るえない」

「……君はどうかな？　アクリルちゃん。アルくんのために私に対して怒ってくれた君だから、少し期待しちゃうんだ」

「――私は」

私の言葉を遮るような勢いでアクリルちゃんが声を発する。

私を睨《にら》み付けていた瞳は、更なる鋭さを帯びて。けれど怯えていた身体《からだ》の震えはなくなり、真《ま》っ直《す》ぐ射貫《いぬ》かんと私を見つめている。

「全部理解出来た訳じゃない。でも、お前が言いたいことはなんとなくわかった。それは私たちが大いなる流れと呼ぶものなのかもしれない」

「……大いなる流れ？」

「世界は私たちとは比べものにならないほど大きい。大いなる流れは世界の意志だ。風が吹くのも、雨が降るのも、全部大いなる流れの意志によるもの」

「……あぁ、うん。なんとなくわかるよ」

世界の意志、というものがあるのかはわからない。それは私たちの視点では決して得られることのない答えかもしれない。

世界は私たちを意に介さずに、今日も、そして明日もあるがままに続いていく。

「……」

「時にそれは無慈悲なまでに命をのみ込んでいく。でも、命はいつか大地に還《かえ》るものだ。それを嘆くこともない、悲しむこともない。いつか私もそこに行くというだけの話なんだ。ただ嘆いていても腹が膨れる訳でもないし、明日の生活が楽になる訳でもない。その時が来るまで私という命は終わらない。私が生きている間に嘆くとすれば、力を尽くさないといけない時に己の心に負けてしまった時だ」

構えを崩さぬまま、アクリルちゃんは告げる。

「私がここに辿《たど》り着いて、アルと出会って命を繋《つな》いだのも大いなる流れの一部だ。どこに辿り着くのかもわからないその先で、私は再び居場所を見つけられた」

「……そっか」

「それなら私はここで生きていく。リカントは受けた恩は忘れない。仲間を必ず守るもの。だから私はアルを守りたい」

「君は、誇り高いんだね」

「お前は私の生きる流れとは別の流れを持つものだ。私とは根本的に生き方が違う。理解は出来ても共感は出来ないし、気に入らない。でも、お前の生きる流れにアルが望む世界があるなら、私もその流れと共に生きる。それがアルと一緒に生きるということなら……もう少しは理解出来るように頑張る」

……あぁ。その一言に私はどうしようもなく安堵《あんど》してしまった。

アクリルちゃんが自分で言うように私とは根本的に生き方も、考え方も異なる。そして彼女が私を気に入らないというのもよくわかる。

私はアルくんを守らず、むしろ危険な道へと誘《いざな》っているように見えるんだろう。

アルくんを守るだけの力を持ちながら、その力を別の目的に使っている。家族や仲間と認めた人のために力を尽くそうとするアクリルちゃんとは相容《あいい》れないのも当然だ。

私の生き方が正しいのか、アクリルちゃんの生き方が正しいのか。

それはどちらとも言えない話だ。だからこそ譲れないし、これからもぶつかってしまうのだろう。でも、そんな彼女だからこそ、私は本当に嬉《うれ》しくなってしまう。

「アクリルちゃん、聞いていいかな？　アルくんのこと、好き？」

「好きだよ」

「そっか。私もだよ、って言ったら怒るよね」

「気に入らないからな」

「私はアクリルちゃんのこと、かなり好きになれると思うよ」

「勝手な奴《やつ》。そうだ、お前は鳥みたいに勝手で、自由気ままな奴だ。何一つ私たちの思い通りになんてならないし、同じ世界で生きていないみたいな奴だ」

「否定出来ないなぁ……」

「お前は変な奴だ。でも嫌な奴じゃない。きっと優しさもあるんだろう。でも、私が望む形をしていない。お前の生き方に私は付き合えない。本当はアルにだってそんな生き方に付き合って欲しくない」

「うん」

「でも、それがこの国の、アルが生きて行く場所の在り方だって言うなら知ろうとすることを諦めない」

「うん」

「私たちは大いなる流れと共にある。お前だって流れの一部であることには変わらない。お前の言いたいことも少しわかった。自分がいる場所が違えば風の動きも、花の咲き方も違うという話なんだ。それなら、これ以上、何を言っても仕方ない」

「意見を持つことは大事だよ、それを言葉にすることもね。誰もがアクリルちゃんみたいに考える訳でもないし、同じ考えを持つ訳でもないから」

「アニスフィア」

アクリルちゃんが私の名前を呼んだ。そこに今までの敵意はなかった。どちらかと言えば呆《あき》れられていて、そして少しだけ哀れまれているような気がする。

「……お前は、そんなに他の人と違う生き方をして苦しくないのか？」

「……こうなったのも、きっと大いなる流れの内の一つだからかな？」

「難儀な奴だな、お前。本当に悠々と空を飛んで行く鳥みたいだ。あぁ、気に入らない」

「あはは、空は好きだけどね。そこに私の原点があるから」

「人は空を飛ばない」

「それでも空を飛ぶ夢を見ることが出来るのが人だよ。そして、その夢を他の人に教えて託すことだって出来るんだ。それは貴方《あなた》がまだ知らない人の可能性だよ」

私がそう言うと、アクリルちゃんは心底嫌そうな表情を浮かべた。

「……お前の話を聞いていると目眩《めまい》がしてきそうだ。こんなのに心を奪われているアルに心から同情する」

「それは、確かに心配かな。……だからアクリルちゃんにお願いがあるんだ」

「……一応聞くけど、何？」

「アルくんを守って欲しいんだ」

私がそう告げるとアクリルちゃんは軽く眼《め》を見開いた後、気に入らないと言わんばかりに渋い表情を浮かべた。

なんとなくそんな反応をされるだろうな、と思っていたから苦笑してしまう。

「私は、アクリルちゃんが思うような人間だから」

「アニスフィア、私はやっぱりお前が嫌いだ」

「嫌われたなぁ……」

「お前に言われなくても、私はそうする。余計なお世話だ」

「それでもお姉さんだから」

「気に食わない……！」

「ふふふ、それじゃあ手合わせの続きをしようか。アルくんを守ってくれるんでしょ？　その力があるって私に感じさせてよ」

「言われなくても──ッ！」

気合いを込めてアクリルちゃんが叫び、私へと向かってくる。

そんな彼女を迎え撃つように私も一歩、前へと踏み出した。

＊　＊　＊

「……まったく。何をやっているんだ、あの二人は」

「まぁ、表情を見るに心配するようなことはないでしょう」

「……お前は余裕だな、ユフィリア」

窓から中庭の光景を見つめながら、ぽつりとアルガルドが呟《つぶや》きました。

中庭ではアニスとアクリルさんが激しく剣と槍《やり》をぶつけ合っています。アニスは余裕の表情で、どちらかと言えばアクリルさんの方が激しく突っかかっているようですね。

アニスとアクリルさんが手合わせをしている光景を見た時は驚いてしまいました。あれだけアニスに対して敵意を向けていたアクリルさんです。

ですが、ハラハラとしている間に二人が何か言葉を交わして、まるでじゃれ合うように手合わせをするようになったので胸を撫《な》で下ろしたところですが。

中庭にはいつの間にか人が集まっていて、二人の激しいぶつかり合いに唖然《あぜん》としていたり、呆れたような表情をしていたり、野次を飛ばしていたりととても自由です。

あれだけの激しい打ち合いが出来る人となれば騎士の中でも限られているでしょう。

あのアニスに付いていけているというだけでアクリルさんも稀有《けう》な才能の持ち主と言えるかもしれません。

ガークとナヴルも食い入るように二人の立ち合いを見ていますし、やはり武芸を嗜《たしな》む者にとって刺激のある光景なのでしょうね。つい見入ってしまうのも仕方ありません。

「……姉上の奴め、楽しそうだな」

「アニスが楽しそうですか？」

ふと、アルガルドが小さく呟く。思わずその呟きに反応してしまいます。

「お前だって覚えがあるんじゃないか？　あの人はな、自分の話を聞いてくれる人に何かを教えるのが好きなんだよ。いつも突拍子のない話をするものだから、真面目に取り合う者も少なかったからだろうな。その分、一度心を許した相手には何かと甘くて、世話を焼きたがる」

「……あぁ、確かに」

「あれはアクリルに手ほどきをしてやってるんだろう。アクリルもリカントの身体能力とセンスは素晴らしいものがあるが、まだまだ経験が浅い。それに姉上はもっと槍の扱いが巧《うま》い人を知っているだろうからな」

誰でしょうか？　と一瞬考えて、すぐに思い浮かぶ顔があって、思わず苦笑してしまいました。

「それはもしかして、義母上《ははうえ》のことですか？」

「あぁ、たまに俺も姉上がお仕置き……いや、稽古をつけられているところを見たことがあるからな」

確かに義母上は槍の名手です。風魔法と組み合わせた戦い方はお父様と最強を争った程の腕前と言われる位で、今でも伝説のように語り継がれています。

アニスはお仕置きという名目でシルフィーヌ様と手合わせをしていたので、槍の相手は慣れているのでしょう。

「あまりアクリルとは気が合わないのかと思っていたが、そう悪くないのか……？」

「さぁ、どうでしょうか……」

アニスはアクリルさんのことを嫌っていないようですが、アクリルさんはどうなのでしょうか。アニスと言葉を交わしてからは、敵意は薄れたように思えますが。

それでも仲が良いようには見えません。今もアクリルさんが悔しそうにアニスに突っかかっていて、それを楽しげにアニスがあしらっています。

「……懐《なつ》かしいな」

「懐かしいですか？」

「別に姉上と手合わせをしたことがある訳じゃないが、研究の進展や発見があるとあんな顔をしながら俺に語ってくれたことを思い出してな……」

アルガルドは穏やかな笑みを浮かべながら、アニスのことを目で追っています。

……その表情に、少しだけモヤッとした感情を覚えてしまいました。それが嫉妬の感情だということを理解しているだけに眉間に皺《しわ》が寄ってしまいます。

「姉上も、今のお前みたいな反応をしていたな」

「はい？」

「昔の話なんだ。いちいちそれに嫉妬していては身が保《も》たんぞ」

意地悪そうに笑うアルガルドに私は更に眉間に皺が寄ってしまいました。

あぁ、本当にこういった人は苦手です。その苦手な人の筆頭がお父様なのですが。

「今だから言えますが、貴方と結婚しなくて本当に心の底から良かったです」

「同じ言葉をそのままそっくり返させてもらう」

互いの顔を見合わせて、そのまま嫌そうな溜息《ためいき》を吐《つ》いてしまいます。

仕事の話をしている間は良いのですけれどね、こうして一人の人間として話そうとすると途端に嫌なところばかり目につくので、やはり相性が良くないのでしょう。

「ユフィリア」

「……何ですか？」

「お前には本当に感謝している」

「はい？」

「姉上を繋《つな》ぎ止めるのは大変だろう？　あの人は自由だ。そしてこの国にとって異端でもある。気付いたら手を離れてしまっているかもしれない、そんな不安に襲われる」

「……ないとは言えませんが、心配は要りませんよ」

「私はアニスと共にあります。それが私の全てですから。だから大丈夫です」

「……そうか」

アルガルドは軽く呆気《あっけ》に取られたような表情を浮かべた後、そう呟きました。

「ユフィリア。俺もお前のことを義姉上《あねうえ》と呼んだ方がいいか？」

「……もしや、嫌がらせですか？」

ゾッ、と一瞬にして全身に鳥肌が立ちそうになりました。腕をさすっていると、アルガルドが心外だと言わんばかりの表情を浮かべています。

「気を遣ってやったのに、なんて言い草だ」

「どう見ても嫌がらせですよ。喧嘩《けんか》を売ってるのかと思いました」

「はっ、そうか。ただお前が気を遣わなくても良いようにと思っただけだ。義弟だと思えば、その捨て切れてない俺への気遣いも消えると思ってな」

「……別に気なんて」

「どう接していいのかわからんのだろう。かつては王子だった俺、今は女王のお前。立場が入れ替わってしまったことにお前は慣れていないな？　女王をやることは上手《うま》く出来ても、こういった例外にはまだまだお子様なのはお前らしい」

「聞き捨てなりませんね、誰がお子様でしょうか？」

「覚え立ての嫉妬を隠せるようになってから弁明してくれ」

「くっ……！」

思わず私は唸《うな》ってしまいました。その指摘には弁明も出来ません……！

「……あぁ、そうですね。確かに貴方のような性悪に尽くす礼儀などありませんでした。アニスが可哀想《かわいそう》になりますよ、こんなのが弟で」

「俺は良い弟にはなれんようだからな。精々、姉上に付き合って悪巧みの片棒を担《かつ》ぐ弟になってやろう」

「……貴方という人は」

呆《あき》れたように溜息を吐いてしまいますが、この人がそう言えるようになったのは良いことなのでしょう。

「アルガルド、アニスのことは任せてください。貴方は貴方で好きにすれば良いんです。元から優等生のように振る舞うなんて向いてないのではないですか？　性悪ですし」

「……ユフィリア。お前、だんだんグランツ公に似てきたんじゃないのか？」

「その言葉、侮辱と捉えますが？」

「俺にはお前がわからん……」

クククッ、と如何《いか》にも性悪な人がしそうな仕草で笑うアルガルドにイラッとしてしまいました。だいたい、私のどこがあの人に似ているっていうのですか、あんな性悪で、仕事中毒で、人をからかうことしか人間らしい趣味のないような人と。

是非ともカインドには捻《ひね》くれずにお母様のように包容力もあって芯のしっかりした子に育って欲しいものです。今度、会いに行った時に釘《くぎ》を刺しておくべきでしょうか？

「……変わったな、本当に」

ふと、そんなことを考えているとアルガルドがしみじみと呟きました。

「ええ、変わらざるを得ないような刺激を受けてばかりですから」

「違いない」

それが誰からの刺激なのか、名前を出さなくても分かり合えてしまう。

「……お前から見て、俺はどうだ？　俺も変わっただろうか」

「……変わって欲しいところだけは変わってなかったですね」

「口を開けば皮肉しか出てこないのか？　愉快な奴《やつ》になったよ、お前は」

「貴方《あなた》を楽しませるために変わった訳ではありませんが」

「あぁ、それで良いさ。なんだか気が抜ける話をしたかっただけだ。以前は、与えられるもの全てが俺を縛り付ける呪詛《じゅそ》のように思えて仕方がなかったからな」

「……呪詛、ですか。今はどうなのですか？」

かつてこの人は魔法の才能も、王になるために与えられた物も、向けられる感情でさえ呪いのように捉えていました。

笑うことなどなく、それこそ仮面の奥に全てを隠してしまっていたのに、今は……。

「これだけの失態を犯しても尚《なお》、信じてくれることが奇跡だと思っている。そして愛してくれるという喜びを思い出した。俺が俺のままでいていいんだという許しも得た。かつて呪いだと思っていたものが祝福だと受け取れるようになった」

「……そうですか」

「紙一重なのだろうな、祝福と呪いは。どちらとするのかはその人次第だ」

「はい。私もそう思います。だから、私も心から祝福します。貴方がそう思えると知ったらアニスが喜びますから」

「……そうか。それは、俺も救われる話だな」

ふと、アルガルドは空へと視線を向けた。釣られるように私も空へと視線を向けます。

空には眩《まばゆ》いまでの光が広がっていて、思わず目を細めてしまいそうで。

ただ、そうして私たちは得難《えがた》い時間を噛《か》み締めるのでした。

エンディング

始まりがあれば終わりがある。だからこの視察の旅にも終わりがやってくる。

今日、私たちはアルくんの屋敷から出立する。そこからは王都までほぼ真っ直《まっす》ぐだ。

そして、私たちの見送りにはアルくんとアクリルちゃんが顔を出してくれていた。

「良い話し合いが出来ました。王都に戻ったら早く動けるように働きかけます」

「あぁ、こちらも王都からの報《しら》せが来たら動けるように準備を整えておくよ」

屋敷に滞在している間、ユフィはアルくんを辺境開拓の責任者とするための打ち合わせをじっくりとしていたようだった。

元々、お互い政治に理解が深い二人だ。その話し合いは実りあるものになったようで、二人の表情は明るかった。

「ユフィリア」

そして、アルくんはユフィへと手を差し出した。握手を求めてのことだろう。その手を見て、ユフィは一瞬動きを止めた。

ユフィは一度、深呼吸をして。それから笑みを浮かべてアルくんと握手をした。

「……酷《ひど》い目に遭わされた分は、これでチャラにしてあげます」

「なに……ッ？　ぐぅ……！」

ユフィは笑顔のまま、アルくんの手に思いっきり力を入れているようだった。

何の話かと目を丸くしていたアルくんだったけれど、何かを察したように抵抗を止《や》めてユフィが力を入れるままに任せている。

そんな二人の様子にレイニとナヴルくんは何とも言えない苦笑を浮かべていた。

満足したのか、ユフィがアルくんの手を離す。アルくんは握られていた手を振ってから、苦笑を浮かべていたレイニとナヴルくんへと視線を移す。

「……レイニ、ナヴル。お前たちも息災でな。ここからお前たちの未来を祈っている」

「アルガルド様も、お元気で」

「ご武運をお祈りしております」

滞在している間、レイニとナヴルくんはアルくんと話をする時間を設けていた。

それから少しは昔に戻ったのか、穏やかに言葉を交わすことが増えたと思う。

アルくんと和解出来たことはきっと、レイニとナヴルくんにとって良いことだったのだと思う。特にナヴルくんは一緒に連れてきて良かった。

「姉上」

そしてアルくんは私へと視線を向けた。私もアルくんと目を合わせる。

なんとなく見つめ合っていると、どちらからともなく何とも言えない苦笑が零《こぼ》れた。

まだまだ私たちは気軽に言葉を交わし合うのには時間がかかるみたいだ。

「アルくん」

「あぁ」

「また会いに来るから」

頑張れぐらいは言っても良かったかもしれない。でも、私が伝えたいと口にした言葉はそれだけだった。

また会いに来る。その約束をする。これが最後じゃない。改めて言葉にすることでその事実を実感する。

実感する度に思う。私はまたアルくんに会いに来ることが出来るのだと。そんな自由を得ることが出来たのだ。それがどうしようもない程に嬉《うれ》しい。

私が微笑《ほほえ》むとアルくんもまた穏やかに微笑んでくれた。

「また会おう、姉上」

「うん」

今はこれだけしか言葉を交わせていないけれど、それで十分だと思えた。

これを最後にするつもりはない。次に会う時があれば、もっと気軽に言葉を交わし合えるようになりたい。そんな希望を持つのは良いことだと思うから。

そしてアルくんとの挨拶を終えた後、私はアルの隣で面白くなさそうに立っているアクリルちゃんへと視線を向ける。

あれから何度か手合わせをしたけれど、私が全勝中だ。伊達《だて》に母上の相手を務めていませんよ。母上に比べればまだアクリルちゃんは荒削りだ。

でも、それは将来性があるということでもある。槍《やり》ならアルくんも扱えた筈《はず》だし、アルくんが本格的に開拓に乗り出すようになって、自由を得たら教えて貰《もら》えば良い。

そうすれば彼女はもっと強くなるだろう。アクリルちゃんが強くなってくれればアルくんにとって心強い味方になるだろう。

「アクリルちゃんも、またね」

「別に来なくて良い」

「そんな事を言わないでよ～。また手合わせしようね、負けたらモフらせて貰うけど」

「もうお前には指一本触らせないから！」

全身で威嚇するようにしながら、アクリルちゃんはアルくんの背に隠れてしまった。

アクリルちゃんの耳と尻尾、触り心地が良かったからついつい撫《な》でたくなってしまうんだよね。アクリルちゃんは本当に嫌がっているから、今は手合わせで負けた時の罰ゲームで触らせて貰っているけれど。

「アクリルちゃんはまだまだ伸び盛りだからね。次に会う時までにいっぱい食べて、立派なレディになっててね」

「お前に言われる必要はない」

「もう、アニスって呼んでくれていいのに。私はアルくんのお姉さんなんだから」

「嫌だ」

「強情なのも可愛《かわい》いねぇ」

「がるる……！」

「姉上、あまりアクリルをからかうな」

アルくんが呆れた、と言わんばかりの表情で私に言う。アクリルちゃんを庇《かば》うかのようなアルくんについつい笑みが零れてしまう。

「ふふ、それじゃあアルくんに怒られる前に退散しようかな。自分に懐《なつ》いてる可愛い子にはアルくんも甘いんだねぇ」

「……なんだ、その含みがあるような言い方は」

「べーつーにー？　何も変なことなんて考えてないけどー？」

「……言っておくが、俺はガキに興味はない」

「むっ」

アルくんが疲れたようにそう言うと、アルくんの後ろに隠れていたアクリルちゃんの目が三白眼みたいになってしまった。

ここでお腹《なか》を抱えて腹の底から笑えたならどれだけ楽しいだろう。でも、ここで大笑いしたら二人の反応が怖いので必死に堪《こら》える。

「ふふ、二人とも喧嘩《けんか》しないで仲良くするんだよ？」

「もういいからさっさと帰れ」

「お前の心配なんて要らない」

「二人揃《そろ》って可愛くない……」

わざとらしく悲しんでいる振りをしてみるけれど、二人は呆《あき》れたように私を見るだけだった。ふん、別に気にしないもんね！

「アクリルちゃん」

「……何？」

「アルくんのこと、頼むね」

どうしても、そう言いたくて仕方なかった。

アクリルちゃんはアルくんの味方になってくれる人だ。誰よりもアルくんの側《そば》にいて、その身も心も守ろうとしてくれる。

私が選ばなかった道を進むだろうこの子に心からの祝福と祈り、そして期待を込めて私はアクリルちゃんを見つめた。

今更だし、そんな資格は失われているのかもしれないけれど、どうか願わせて欲しい。

これからアルくんが進む道に幸《さいわ》いがあるように、アクリルちゃんがアルくんの幸いの一つになってくれるようにと。

「アニスフィア」

アクリルちゃんは私の名前を呼ぶ。でも、その先の言葉はない。

ただアクリルちゃんは私を真っ直ぐ見つめて頷《うなず》いただけ。必要以上の言葉を重ねる必要はないと言うように。

私の思いはアクリルちゃんに受け取って貰えたと確信出来たから、心の底から安堵《あんど》してしまう。そして私は頷いた。

「それじゃあね」

これが別れを告げるための、本当の最後の言葉。

私は先に待っていた皆《みんな》の元へと歩んでいく。先にエアドラへと乗っていたユフィの後ろに乗って、その腰に手を回して抱きつくように座る。

ユフィが私が乗ったことを確認した後、アルくんとアクリルちゃんに目礼をする。

ふわりと身体《からだ》が浮くような感覚。私たちを乗せたエアドラと、皆のエアバイクが地上を離れていく。

そして高度を上げた私たちは、森の上を滑るように飛翔《ひしょう》する。そして今回の旅、最後の目的地である辺境の地を後にしたのだった。

＊　＊　＊

——最後まで理解出来ない変な奴《やつ》だった。

空の向こうへと消えていった姿を思い返しながら、私は心の中で呟《つぶや》いた。

鳥のように突然やってきて、そして去っていく。自由気ままで、摑《つか》みどころがなくて、最後まで不思議だった人。

「姉上が迷惑をかけたな、アクリル」

「……ん。帰ったから良い。暫《しばら》くは来ないで欲しいけど」

「ははっ、姉上も嫌われたものだな」

アルは穏やかに笑いながら小さな点になっていく後ろ姿をずっと見つめている。

名残を惜しむように目を細めて、確かな満足感を覚えているような顔で。アルのそんな表情を見ていると、やはり少し面白くない。

「アル」

「ん?」

「私はガキじゃない。すぐ大きくなるよ。それに凄《すご》く強いんだから」

だから何も心配はいらないよ。

私の恩人、絶望すら滲《にじ》む旅路の果てに出会えた人。きっと、この出会いは大いなる流れが導いたものだったんだと思う。

ここはリカントがいた森ではないけれど、それでも命が息づく森があって、この森と共に生きようとする人たちがいる。

それにはきっと、私の知識が役に立つだろう。リカントとしての誇りと力を活《い》かすことだって出来る筈だ。そうしたらアルに受けたこの恩を返せるかな。私に感謝してくれるかな。私が使えると分かれば側にいられるかな。

アニスフィアを見つめる貴方《あなた》の横顔、その目の優しさを羨ましく思ってしまう。だから、私は……。

「……それなら早く大きくなれ。俺に子供扱いされないようにな」

ぽん、とアルが私の頭の上に手を置く。その身長差が少しだけ憎らしい。

ねぇ、アル。私を救ってくれた貴方。私に知らない世界を教えてくれた貴方。一人でも平気そうな顔をして、でも本当に辛《つら》くても心の内を見せようとしない貴方。

本当は行って欲しくなかったんじゃないの？　本当は一緒に行きたかったんじゃないの？　だってアニスフィアはアルのお姉さん、家族なのだから。

アニスフィアは鳥のような人だ。リカントの里で育ってきた私とは違う生き物に近い。そんな生き物に心惹《ひ》かれてしまっているアルは、少し不安だ。だから手を繋《つな》いで、ちゃんとこの大地に立っているのだと教えてあげたい。

貴方と生きたいんだ、アル。貴方が背負っているものを理解したいんだ。それを理解出来た時、私はこの地と一体になることが出来る。

この新たな土地で貴方と生きたい。──貴方と家族になりたいと思うんだ、アル。

「──早く大人になりたいなぁ」

それが貴方の隣に立つために必要なら、心の底からそう願うんだよ。

＊　＊　＊

空の旅は快調で、あっという間にアルくんの屋敷どころか辺境すらも過ぎ去ってしまいそうだ。

後ろを向いていた私は前を向くように体勢を戻して、エアドラを操縦しているユフィの背中に身体を預けるように抱き締める。

「アニス？　どうかしましたか？」

「ん……なんでもないよ」

ユフィを抱き締める手にもう少しだけ力を込めて、額をユフィの背にくっつける。

そうしているとユフィが小さく笑ったような気がした。ユフィは前を向いたまま、私に声をかけてくる。

「アニス。今回の視察はどうでしたか？」

「うーん、そうだね……色々と考えさせられることがいっぱいあったかな」

「そうですね、それは私も同じ思いです」

「アルくんと再会することが出来て、本当に良かった」

「それなら、アルガルドがいる辺境を視察の最後に選んだのは正解でしたね」

アルくんとの話し合いは実に有意義なものになった。流石《さすが》、王になるための教育を受けていただけあって有用な意見をいっぱい出してくれた。

時にはユフィも唸《うな》るような鋭い意見を出して、かつそれを抵抗なくのませるためにどんな手を打つべきかなども提案してくれた。

「ユフィはお行儀が良すぎる、ってアルくんに言われてたね」

「……ただアルガルドの腹が黒いだけですよ。ええ、とんだ性悪でした」

気に入らない、と言わんばかりに鼻を鳴らすユフィに思わず笑ってしまう。

お互いどういう関係なのか見定めたのか、ユフィとアルくんは嫌味の応酬を繰り広げるような関係になっていた。

それが議論が進む原動力になるのだから構わないのだけれど、どうしてもグランツ公とのやり取りがよぎってしまって、笑うのを堪えるのが大変だった。

「ですが、頼りになるのも事実です。……カンバス王国への備えもしていかなければならないでしょうから」

「詳細が不明な隣国、か。それにアクリルちゃんのようなリカントだっているし……」

「何より懸念《けねん》事項とすべきなのは――ヴァンパイアの存在です」

ユフィが険しい声で呟いた内容に、私も頷いてしまう。

アクリルちゃんがパレッティア王国まで逃げてきた原因がヴァンパイアの一族にあると言っていた。

　ヴァンパイアに捕まったアクリルちゃんは、それからずっと〝何かと戦わされていた〟と証言していた。

「魔物だと思うってアクリルちゃんは言っていたけれど……」

「それも詳細は不明です。目的もわかりません。何故《なぜ》、交流が盛んでもない他所《よそ》の一族から人を捕まえてまで魔物と戦わせているのか。その魔物とは一体何なのか。不気味なのは間違いありません。警戒は強めなければいけないでしょう」

「そういう意味ではアルくんやアクリルちゃんが国境付近に居てくれているのは助かるけれどね……」

「開拓もそうですが、ヴァンパイアたちの矛先がこちらに向くことも考えて早めに準備を整えるべきですね。帰ったら義父上《ちちうえ》とお父様にも相談して動かなければ」

　悩ましい話ではあるけれど、こうして事前に知ることで備えられるのはありがたい。

　それにヴァンパイアがレイニやアルくんの他にもいると証言が得られた以上、ヴァンパイアに対する備えだってしなければいけない。

　警備の問題なんかもあるから、そこも事情を話せる人には話して協力を募らなければならない。これにはレイニも対策することに意欲的なので、頑張って貰《もら》おうと思う。

「私も暫くはヴァンパイア対策の研究に集中しようかな」

「そうして貰えるとありがたいです。必要であればレイニを回しますので……」

「そうだね。こうなるとハルフィスたちにも事情を説明しておいて良かったかもしれない。巻き込む人は選ばないといけないからね」

「今回の視察に同行してくれた皆は信用して良いと思います」

不安は大きいけれど、それでも対策する方法がない訳でもない。なら、それに集中して何が起きても大丈夫なように備えるしかないだろう。

決して悪いことばかりではない。今回でアルくんという精霊資源の獲得やヴァンパイアに対しての備えもしてくれる有力なカードを味方にすることが出来たのだから。

「早く父上と母上にもアルくんの近況を伝えてあげたいね。それからアクリルちゃんのことも教えてあげないと！」

「良い子でしたね、アクリルさんは」

「もっと仲良くなりたかったなぁ」

「……それはどういう意味で？」

「将来の義妹候補？」

「それはそれは……」

ユフィと交わす言葉は次々と出てくる。まるで胸の奥から思いが溢《あふ》れてくるようだ。

「ユフィ」

「はい、何ですか？　アニス」

「私ね、東部に来たのは別に初めてじゃないんだ」

「ええ、知っていますよ」

「だから色んなことを知ったつもりになってた。でも、ユフィと一緒に視察に来たことでまだまだ私は足りてないんだなって思ったんだ」

「……それはアニスにとって良かったことですか？」

「うん。だから今回の視察に来ることが出来て本当に良かった」

同じ景色を見たこともあった。でも、その見え方はいつもと違った。

何気なく通り過ぎてきた景色でも、気持ちが変わった今になって新たな発見をすることもある。

「ユフィ、私ね」

「はい」

「もっと魔学と魔道具を広めたい。そして、皆の世界を広げてみたい。それを魔法のようだって思って貰いたい。改めて心の底から、誰もが魔法を手に取れるような時代にしていきたいって思ったんだ」

未《ま》だ開拓が手つかずで、昔のままの姿を残す土地があった。

魔物による被害を受けて建て直すのも困難な状況で、それでも逞《たくま》しく生きる人がいた。

そして、アルくんと再会することが出来た。アルくんもこれからの未来を切り開くために力を貸すと言ってくれた。


「──ユフィ。私は今度こそ、皆が認めてくれる魔法使いになれるかな？」


それはかつて胸に抱いていて、諦めてしまっていた夢だった。

皆に認められるような魔法使いになりたい。皆にも魔法の素晴らしさを感じて欲しい。未来に希望があるのだと、笑顔が溢れるようになって欲しい。

その夢は一度、諦めるほどに小さな種火になってしまった。その火を消してしまわないように、その範囲を狭めて胸に抱きかかえていた。

その熱だけが私自身の証明に他ならなかった。他人からの理解を諦めて、自分のためだけにあれば良いと嘯《うそぶ》くようになって、いつしか剝がれない仮面になった。

その仮面もユフィによって剝がされて、再び外に出始めた夢は出会いを経てかつての熱を取り戻そうとしているかのようで。

期待に胸が高鳴る。でも、同じ位に不安になってしまう。また、この夢の灯火《ともしび》が消えてしまいそうになったらどうしよう、と。

私一人では消えないように抱えることしか出来なかった。でも、今はどうだろう？

「貴方《あなた》は私が認める魔法使いですよ、アニス」

「……ユフィ」

「だから胸を張ってください」

……あぁ。いつだって望んでいた言葉をユフィは届けてくれる。

「多くの貴族が貴方を認め始めています。そして、民たちも実際に手にする機会に恵まれればアニスの夢に触れることになるでしょう」

その言葉の一つ一つが、私の夢をまた大きく育ててくれる。

「その道は決して平坦《へいたん》なものではないでしょう。国を、いえ、世界を変えるだなんて簡単に出来ることではないのですから」

息を吹き込み、命を与えるように。熱く、強く、しなやかに。

この夢をもう一度、強く羽ばたく翼に変えることが出来ると思えるんだ。

「だから忘れないでください、アニス。貴方の側《そば》にはずっと私がいますから」

もう私は一人じゃない。何度も確かめてきた。そこまでして漸《ようや》く慣れることが出来た。

俯《うつむ》いていた顔を上げるように空へと向ける。どこまでも青く、どこまでも広い空。

いつだって私を自由にしてくれた、私の大好きな場所。

その空をユフィと飛ぶことが出来る幸せを、私は強く噛《か》み締める。心の底からの感謝と愛を込めて、私はユフィを強く抱き締めた。

「私、ユフィに出会えてから本当に幸せだな」

「私もアニスと出会えて良かったと心から思っていますよ」

「うん。……ずっと一緒にいたいな、ユフィと」

ユフィに甘えるように背中に額を擦《こす》りつける。今はこれぐらいしか触れることが出来ないのが惜しい。

だから、せめてこの思いを言葉にしよう。ユフィに届くように、ずっと覚えていて欲しいから。

「――愛してるよ、ユフィ」

心から誰よりも、何よりも、貴方を愛しているよ。

そうして溢れ出る想《おも》いを言葉にすると、一瞬だけユフィの身体《からだ》が強張《こわば》った気がした。

するとユフィは何やら深々と溜息《ためいき》を吐《つ》いた。エアドラを運転していなかったら完全に脱力しきっていたのじゃないだろうか。

「……貴方という人は、本当に」

「え？　何？　ちょっと聞こえなかったよ、ユフィ」

「……早く帰りたいですね、王都に」

「え？　なんで？」

「早く部屋に貴方を閉じこめて、心から愛してあげたいだけですよ。だから帰ったら覚えておいてくださいね？」

「えっ⁉　何で⁉　それに閉じこめるって言わなかった⁉　私の気のせいだよね⁉」

私たちはそんな言い合いをしながら空を駆ける。

どこまでも速く、どこまでも高く、どこまでも遠く。今回の旅は終わるけれど、私たちの旅はまだ終わらない。

いつか、この感動を誰しもが体験出来る日が来ることを夢見ながら、私たちの人生という旅はこれからも続いていくのだ。

あとがき

どうも、鴉《からす》ぴえろです。この度は『転生王女と天才令嬢の魔法革命』五巻を手に取って頂き、本当にありがとうございます。

四巻の発売から一年の間が空いてしまいましたが、待ってくれていた皆様には心よりの感謝を申し上げます。

五巻は視察を兼ねたアニスとユフィの新婚旅行なお話でした！　本作は王宮が舞台になることが多いので、なかなか外に出る機会がありません。ですので今回のお話は新鮮な気持ちで二人を書くことが出来ました。

そして、アニスフィアとアルガルドの再会。今度こそ本当に関係を修復し、二人はお互いの道を進んで行くこととなります。

この姉弟の関係は一言では説明し難《にく》い関係です。善意が行き違った結果であり、環境によって振り回されてしまった。互いに望まないまま傷つけ合い、本当になりたかった姿を見失ってしまいました。

傷というのはそう簡単に癒えるものでもありませんし、かつての間違いというのはふとした時に苦い記憶として蘇《よみがえ》ってくることもあります。

それでも歩みを止めることなく、ゆっくりでも前へ進んで行ければ、いつか道が見えるものだと信じています。時間が解決してくれることもあるでしょう。

だからこそ、歩き続けることこそが人生にとって一番大事なのだと思います。アニスたちも迷い、悩みながらもこれからの人生を進んでいくのでしょう。大きな夢に向かって。

大きな夢と言えば、『転生王女と天才令嬢の魔法革命』のアニメ化です！

このような大きな夢を叶《かな》えることが出来たのも皆様の応援あってのことです！　本当に心の底から感謝の気持ちをお伝えしたいです！　ありがとうございます！

これから追々とアニメの情報など発表されると思いますが、楽しみにして頂ければ嬉《うれ》しく思います！

それでは、また次の一冊で皆様とお会い出来ることを祈りながら、あとがきの筆を置かせて頂きたいと思います。

鴉ぴえろ

お便りはこちらまで

〒一〇二－八一七七
ファンタジア文庫編集部気付
鴉ぴえろ（様）宛
きさらぎゆり（様）宛

富士見ファンタジア文庫

転生王女《てんせいおうじょ》と天才令嬢《てんさいれいじょう》の魔法革命《まほうかくめい》5

令和４年８月20日　初版発行
令和４年12月10日　３版発行

著者——鴉《からす》ぴえろ

発行者——山下直久
発　行——株式会社KADOKAWA
〒102-8177
東京都千代田区富士見2-13-3
0570-002-301（ナビダイヤル）
印刷所——株式会社KADOKAWA
製本所——株式会社KADOKAWA

ISBN978-4-04-074610-4 C0193　◆◇◇

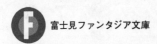

切り拓け！キミだけの王道
ファンタジア大賞
原稿募集中！
賞金
《大賞》300万円
《金賞》50万円
《銀賞》30万円
選考委員
細音啓「キミと僕の最後の戦場、あるいは世界が始まる聖戦」
橘公司「デート・ア・ライブ」
羊太郎「ロクでなし魔術講師と禁忌教典《アカシックレコード》」
ファンタジア文庫編集長
前期締切 8月末日
後期締切 2月末日
公式サイトはこちら！ https://www.fantasiataisho.com/
イラスト／つなこ、猫鍋蒼、三嶋くろね